| MISTÉRIOS DA |
| CRIAÇÃO LITERÁRIA |

COLETÂNEA DE DEPOIMENTOS CÉLEBRES
E BIBLIOGRAFIA RESUMIDA

Literatura e Cinema
volume 4

MISTÉRIOS DA CRIAÇÃO LITERÁRIA

COLETÂNEA DE DEPOIMENTOS CÉLEBRES
E BIBLIOGRAFIA RESUMIDA

Literatura e Cinema
volume 4

Organização de
JOSÉ DOMINGOS DE BRITO

novera

Copyright © 2008 da Novera Editora

Todos os direitos reservados e protegidos pela Lei 9.610 de 19/02/1998.
É proibida a reprodução desta obra, mesmo parcial, por qualquer processo, sem prévia autorização, por escrito, do Autor e da Editora.

Editor: Rubens Prates
Assistente editorial: Marcelo Nardeli
Revisão de texto: Gabriela de Andrade Fazioni
Capa: Victor Bittow

ISBN 978-85-60000-10-4

NOVERA EDITORA (NOVATEC EDITORA LTDA.)
Rua Luís Antônio dos Santos 110
02460-000 – São Paulo, SP – Brasil
Tel.: +55 11 6959-6529
Fax: +55 11 6950-8869
www.novera.com.br
novera@novera.com.br

```
Dados   Internacionais  de  Catalogação  na  Publicação  (CIP)
       (Câmara  Brasileira  do  Livro,  SP,  Brasil)

       Literatura e cinema, volume 4 / organização de
       José Domingos de Brito. -- São Paulo : Novera
       Editora, 2007. -- (Mistérios da criação
       literária)

       "Coletânea de depoimentos célebres e bibliografia
       resumida".
       Bibliografia.
       ISBN 978-85-60000-10-4

       1. Arte de escrever 2. Cinema e literatura
       3. Criação (Literária, artística etc.)
       4. Escritores - Depoimentos I. Brito, José
       Domingos de. II. Série.

07-7860                                        CDD-801.92

            Índices para catálogo sistemático:

       1. Criação literária    801.92
```

A Glauber Rocha

*Cineasta transformado em mito ainda não decifrado,
que mais tarde se encontrou com a literatura.
É pena que esse "tarde" fosse tão cedo.*

Sumário

I. Prefácio — *Fábio Lucas* 9

II. Apresentação — *Marcos Silva* 17

III. Introdução — *Sérgio Rizzo* 21

IV. Princípios — *José Domingos de Brito*
Dos mistérios da criação literária 25

PARTE I
Depoimentos 29

PARTE II
Bibliografia resumida — Literatura e Cinema 169

V. Menção final
Olvidos misteriosos 204

VI. Índice de consulta simultânea
Um invento editorial 206

I. Prefácio

❧ Fábio Lucas
*Escritor, crítico literário e membro das
academias Paulista e Mineira de Letras*

Ao inteirar-me do novo produto da enciclopédica curiosidade de José Domingos de Brito, colecionador contumaz da sabedoria alheia, resolvi percorrer o sinuoso caminho do parentesco da Literatura com o Cinema, na medida em que ambas as atividades artísticas visam a dominar a atenção do leitor/espectador por meio do andamento de uma narrativa. O mito de Sheherazade se redescobre. A arte de contar um enredo torna-se a própria razão de viver do narrador. Como ninguém pode sobreviver sem fantasia, o mundo dos negócios logo se apropriou da função de narrar e a massificou.

Ambas as artes, Cinema e Literatura, tomam os olhos como porto de entrada na consciência ativa do observador, mas de modo diferente. A escrita pede uma leitura, cujas imagens, colhidas na tradução das palavras arranjadas seqüencialmente, projetam-se no campo da mente. O suporte, a folha escrita (ou o visor ou painel do monitor da informática) oferece aos olhos a reversibilidade, pela qual a atenção busca aclarar o entendimento não captado na primeira tentativa.

O Cinema, entretanto, se dispõe habitualmente num painel mais amplo, assistido por uma platéia de freqüentadores. Traz, portanto, desde o início, o caráter de espetáculo. São imagens fotográficas em movimento. E, pela duração do espetáculo, aparelhou-se para desenvolver-se sem reversibilidade. Transposto, todavia, ao formato de vídeo ou de DVD, permite um acompanhamento individual, doméstico e pessoal, ganhando igualmente a propriedade da releitura da totalidade ou de trechos que escaparam da atenção ou do entendimento momentâneos.

O Cinema é um gênero cujo suporte formou-se timidamente no século XIX como gravador da imagem visual externa, em movimento, mas cuja propagação e enorme influência cultural tomaram e, de certo modo, definiram o século XX. Foi o arauto do império estadunidense, sua maior expressão e característica.

Sua história perfaz duas etapas: a do cinema mudo e a do cinema falado e sonoro (1930). A primeira descoberta do processo visual de narrar foi a *montagem* de séries de quadros em movimento, com a arte de ligar cenas e diálogos, dar-lhes consistência, harmonia e continuidade. Com a descoberta dos neurologistas, de que o lado esquerdo do cérebro é o centro da *linguagem*, pois abriga a razão, a lógica, a memória e a associação inteligente de idéias e percepções; por sua vez, no lado direito situam-se a visão, a imaginação e a música, enquanto o cérebro processa constantemente os dois hemisférios a fim de que funcionem em velozes conexões harmoniosas; com tais descobrimentos, portanto, o cineasta Jean-Claude Carrière desenvolveu a noção de que o grande cineasta é aquele capaz de fundir sempre o verbal com o visual (ainda que reconheça que os japoneses, inversamente, armazenam a linguagem no lado direito, juntamente com as imagens e a música). (Cf. *A linguagem secreta do Cinema*. Rio, Ed. Nova Fronteira, trad. de Fernando Albagli e Benjamin Albagli, 2006, p.25).

A gramática do Cinema foi-se estabelecendo aos poucos. A tentação do visível, do corriqueiro e do banal, entendido esse termo como algo depreciativo em face das tentativas da acomodação e do menor esforço, levou o Cinema à indústria, à produção em série, ao chamativo superficial, mecanicamente, transportando os sinais inclusos da ideologia, da publicidade e do consumo de massa. O pragmatismo estadunidense, ao mesmo tempo em que levou o Cinema à glória, às platéias do mundo inteiro, degradou-o à sua forma de mais baixo nível.

A *montagem* progrediu e acabou, no seu modo, por influenciar as outras artes. O romance, por exemplo. A adoção da câmera móvel e a proliferação das câmeras multiplicaram as propriedades do olhar e, na Arte, ensinaram a explorar segmentos de beleza eventualmente inobservados na vivência cotidiana.

Juntamente com os sons e as cores, o cineasta pôde desenvolver com perfeição o artifício do *flashback*. E mais: com a utilização de *planos*, foi capaz de instalar na tela as dimensões subjetivas que afetam o protagonista da ação narrativa. Para culminar, a gramática do Cinema foi capaz de introduzir, entre sons da fala e da música, intervalos de *silêncio*, intensificadores da narrativa. O tempo real, no cinema, desapareceu. O episódio filmado do início ao fim perdeu interesse. A linguagem se tornou cada vez mais elíptica, metafórica.

O escritor, na busca do registro da condição humana, tem diante de si inumeráveis caminhos. Mas somente se sentirá original quando souber tomar todos os elementos de sua temática uma coleção de situações comuns a todos os seres humanos, portanto, universais. E, ao mesmo tempo, sob uma perspectiva exclusiva, única e inalienável. É seu estilo.

Quando o Cinema conquistou os seus atributos de linguagem singular dissociada da Literatura e do Teatro, foi também tentado a transpor para a realidade fílmica o complicado jogo de imagens, articulações e tramas consagradas na Literatura e no Teatro.

No início de sua carreira, o Cinema necessitou urgentemente de argumentos que encantassem o público. A Literatura, no romance, já havia sensibilizado e hipnotizado os leitores mais exigentes. Daí a tentação de percorrer a mesma trajetória narrativa. Como, entretanto, anular o estilo do escritor e viver apenas do encadeamento dos episódios?

A transposição dos enredos romanescos para o Cinema tornou-se moda. Possuem eles, entretanto, recursos diferenciados para atingir a atenção do leitor. Grandes obras literárias inspiraram, não raro, filmes medíocres. Simultaneamente, filmes admiráveis procederam de obras literárias de estrutura medíocre.

As duas artes, a literária e a fílmica, acabaram criando os seus lugares-comuns, detestados pela Crítica, ou seja, pela percepção do público mais exigente, formador de opinião. Ambos os veículos constituem apelo aos destinatários da mensagem, sem os quais não logram subsistir.

Apanhadas pela indústria e pelo mercado, em muitos casos perderam a liberdade de autonomia. Ficou difícil, pelo efeito industrial, manter a mais ousada tentativa de soberania do diretor: o cinema-de-autor.

Depois de apoiar-se no enredo de epopéias e romances clássicos, a indústria cinematográfica tomou o rumo de criar um especialista em transformar o motivo romanesco em peça-básica para orientação do diretor e dos atores: o *roteiro*. Texto que realiza uma espécie de lipoaspiração do texto literário, retirando-lhe as "gorduras" que não podem aparecer na mensagem estritamente visual. Realizado o roteiro e transposto do papel para a película, encerra-se a utilidade do roteiro. Seu destino, quase sempre, é o lixo.

Vivemos, na Literatura e no Cinema, uma crise do sujeito, esta herança renascentista do antropocentrismo. Míngua, aos poucos, a doutrina do herói, do homem representativo, do empresário empreendedor, sempre a puxar a sua combinação de fatores de produção para a situação exclusiva de monopólio. Emergiu no contexto do século XX o herói da consciência, mais inseguro acerca de suas potencialidades, irônico, cético, contestatório. Anti-herói.

Também a narrativa fílmica foi perdendo sua unidade. A televisão com seus recursos eletrônicos de efeito instantâneo ajudou a desconstruir a unidade narrativa. Passou-se até, sob o impulso da vulgaridade, a influenciar a linguagem visual, por meio dos *videoclipes*, de seqüência esquizofrênica e barulhenta, afetando, inclusive, o sublinhamento musical.

Vivemos sob o domínio do visível fácil, graças ao cinema, à TV e aos computadores: exploram-se movimentos simples e baratos, emoções sem ambiguidade, a fim de tornar cristalinos o enredo e, se possível, a mensagem publicitária. Somente a filmografia com intenções artísticas logra aproximar-se das zonas de mistério e ambiguidade. Jean-Luc Godard, por exemplo, empenhou-se em valorizar o supérfluo.

O Cinema, todavia, não consegue livrar-se do prestígio das Letras. Desde o início buscou inspiração e argumentos nas peças teatrais e nos romances mais conhecidos. Quem não se lembra do desempenho de Lawrence Olivier em *Hamlet* (1948), Prêmio da Academia de Artes Cinematográficas dos Estados Unidos da América? Da voz e das declamações de José Ferrer em *Cyrano de Bergerac* (1950)? De Vivien Leigh em *A streetcar named desire*, filme extraído da peça de Tennessee Wiliams?

Jean Cocteau procurou levar o surrealismo à expressão fílmica em *Sang d'um poete* (1930). Vladimir Maiakovski estudou e teorizou sobre o cinema-literatura e chegou a produzir filmes. Aliás, no cinema soviético houve a adaptação do romance de Gorki *A mãe* (Mat, 1926) pelo diretor Vsevolod Pudovkin.

Na cinematografia universal, poucos diretores terão sentido tanto a atração pelas obras literárias quanto Luchino Visconti, com *Ossessione* (1942) no início de sua carreira, filme baseado no livro de James Cain *The postman always rings twice* e proibido pela censura fascista. Na França houve um movimento *film d'art* que tentou acompanhar o Naturalismo no cinema. Capelanni havia levado *Les miserables* de Victor Hugo ao Cinema (1912). No Brasil, a Paulista Film, de Miguel Milai e Antônio Leite, fez uma adaptação de *Os faroleiros* de Monteiro Lobato em 1920. Roberto Santos tentou a transposição de *A hora e a vez de Augusto Matraga* de Guimarães Rosa. Valter Lima Júnior tomou como tema *O menino de engenho* de José Lins do Rego. Anselmo Duarte dirigiu *O pagador de promessas* de Dias Gomes.

O principal diretor e roteirista a lidar com a ficção brasileira foi Nelson Pereira dos Santos cujo *Vidas secas* (1963), baseado no romance de Graciliano Ramos, ganhou três prêmios em Cannes (1964).

Mais tarde, Nelson Pereira dos Santos iria dirigir *Memórias do cárcere* (1983), adaptando a obra de Graciliano Ramos. Da obra de Jorge Amado, realizou *Tenda dos milagres* (1975) a partir do romance do escritor baiano. E ousou levar ao cinema alguns contos de Guimarães Rosa, no filme *A terceira margem do rio* (1993) baseado em *A terceira margem do rio*, *A menina de lá*, *Os irmãos Dagoberto*, *Fatalidade* e *Seqüência*, narrativas pertencentes a *Primeiras estórias* de João Guimarães Rosa. Relatos que guardam, em comum, personalidades e condutas ligadas a psicologias exóticas, desviantes do comportamento usual.

Como diz Jean-Claude Carrèire, que aponta a incrível velocidade com que a técnica modifica a linguagem fílmica em curtos períodos e como grande parte das pessoas confundem efeitos especiais com Arte, "o próprio ato de escrever é perigoso, pois carrega consigo um tipo de prestígio venerável que é, com freqüência, sua única justificativa. Está escrito, portanto é verdadeiro; portanto, não farei mais nada por ele. Quando um roteiro é concluído, muitos cineastas o chamam de "A Bíblia", como se fossem as Sagradas Escrituras. E eu percebo com freqüência, durante os ensaios de uma peça, por exemplo, que se damos oralmente uma fala para um ator, sem escrevê-la, ele a trata despreocupadamente e muitas vezes com fértil inventividade. Se você escreve a mesma fala numa folha de papel, ou melhor ainda, a entrega datilografada, o ator a respeita imediatamente. Isto pode até paralisá-lo." (cf. Jean-Claude Carrière, *A linguagem secreta do Cinema*, p. 139).

Também o público tem por costume efetuar a relação positiva entre o Cinema e a Literatura. Quando os romances começaram a servir de argumento para os filmes, os negativistas decretaram a morte do livro. Diziam: quem iria ler *Guerra e Paz* de Tolstoi durante meses, se se pode conhecer a estória em poucas horas numa sala de cinema? Mas, com o tempo, verificou-se o contrário: aos assistir ao filme, as pessoas se interessam pelo conhecimento da obra que o inspirou. Quem não se lembra da corrida dos espectadores em busca da tradução de *O Doutor Jivago* de Pasternack, após levado o filme aos cinemas brasileiros?

De qualquer modo, Cinema e Literatura compartilham a tarefa de levar a fantasia, o sonho e o encanto da narrativa ao espectador. São dois idiomas diferentes, com suas leis e limitações. Apanhados pela indústria da cultura e levados os seus produtos ao mercado, tendem a coisificá-los e, pior ainda, degenerar a estatura humana e a integridade moral de diretores, atores, roteiristas, autores e leitores. O capitalismo se apropriou da indústria cinematográfica por meio de inacreditável engrenagem de publicidade e de vendas. O veículo que teve seu começo como uma espécie de parque de diversões, transformou-se, mais do que em entretenimento ou divertido relato de estórias românticas, num poderoso fator de fixação na consciência dos povos, da marca ideológica e comercial dos produtores e divulgadores.

Na Literatura, como no Cinema, é possível, ainda, situar núcleos de resistência à massificação consumista. A arte, com seu valor estético, é atividade de natureza não utilitária, em sua essência. Mesmo quando cai no mercado, recusa a perda de identidade.

II. Apresentação

ುఊ **Marcos Silva**
*Professor da FFLCH/USP e coordenador da
coletânea* Clarões da tela

Desde que o cinema é cinema, a literatura tem sido um de seus pontos de partida. Os "filmes de arte" franceses do início do século XX procuravam se legitimar como obras sérias e eruditas a partir de textos clássicos e intérpretes teatrais. A relação logo teve mão dupla, quando literatos e dramaturgos começaram a se inspirar no cinema para formar narrativas e poesia, questão presente em diferentes literaturas, inclusive na brasileira – os modernistas são exemplos claros desse argumento. E a relação cinema/literatura continua até hoje, englobando dos clássicos mais antigos à narrativa e à poesia em produção, mais os filmes como tema e fonte de inspiração da linguagem escrita.

As diferenças entre textos literários e filmes neles apoiados são marcadas pelas historicidades específicas de cada linguagem: nenhum filme "repete" uma obra literária, nenhuma obra literária "repete" um filme, quer pelas diferenças de linguagem, quer pelo momento próprio de produção e circulação de cada um de seus resultados.

Mesmo um diretor muito fiel à matéria literária original (como o Nelson Pereira dos Santos de *Vidas secas*, em relação ao romance de Graciliano Ramos; ou o Luchino Visconti de *Morte em Veneza*, diante da novela de Thomas Mann) se vê obrigado a pensar em soluções narrativas e poéticas que digam respeito à imagem em movimento e ao som. No caso de Nelson, a profunda indagação de Graciliano sobre o que é um ser humano, qual a humanidade daqueles seres, foi transmutada na imagem do grupo de retirantes que chega e parte, ao som de um carro de bois, veículo inexistente, em termos visuais, na cena filmada. Luchino mesclou a requintada apresentação de época – arquitetura, cores da pintura Impressionista e Pós-Impressionista, indumentárias – a uma reflexão sobre o conjunto da obra de Thomas Mann, citando personagens e situações de seu romance *Doutor Fausto*, e evocando o compositor Gustav Mahler (autor de músicas apropriadas para a trilha sonora do filme) no personagem Gustav Von Aschenbach, em termos biográficos e até na aparência física.

O momento de cada fazer é outra faceta que conduz a inevitáveis diferenças. Mantendo os mesmos dois grandes exemplos anteriores, Graciliano editou seu romance em pleno Estado Novo, questionando o anúncio das mudanças que os anos de 1930 no Brasil faziam. Nelson realizou seu filme em uma época em que se discutiam "Reformas da Base" para a sociedade brasileira (governo João Goulart), sendo a Reforma Agrária um de seus principais itens. Thomas Mann, por sua vez, apresentou uma Europa prestes a ruir, escrevendo a novela antes da Primeira Guerra Mundial. E Luchino Visconti fez seu *Morte em Veneza* depois de duas Guerras Mundiais, que englobaram o Holocausto Nazista e o Bombardeio Atômico de cidades japonesas pelas tropas estadunidenses. Mesmo respeitando seus pontos de partida literários, Nelson e Luchino não conseguiriam ser Graciliano e Thomas. E um grande artista nunca precisa se tornar clone de outro grande artista.

A literatura trabalha, quase sempre, com a palavra escrita como recurso único de elaboração (vamos esquecer, momentaneamente, a poesia visual ou material e as histórias em quadrinhos); e o cinema parte da imagem em movimento para incluir palavras, desde sua preparação até aos diálogos entre personagens ou às vozes narrativas nele presentes, mais outros sons – música, ambiente etc.

O cinema se relaciona muito freqüentemente, portanto, com a literatura. O cinema mais elaborado artisticamente transforma essa abordagem em reflexão profunda, porque mergulha com recursos de grande arte – razão sensível e expressiva – nas experiências humanas que aquela outra modalidade de grande arte elaborou verbalmente.

Seria tolice, então, comparar uma obra literária ao filme que se produziu a partir de seus termos. Sempre estaremos diante de obras diferentes. Nada garante que um grande texto resulte em um filme maior. E um livro medíocre pode ser transfigurado em grande cinema, se o diretor do filme tiver estatura para tanto.

Muito melhor será reafirmarmos a permanente necessidade de livros e filmes, ainda mais se forem grandes livros e grandes filmes. São suportes de pensar e sentir. São lugares de memória para quantos os lerem ou a eles assistirem. Um não substitui o outro, ao contrário do que jovens vestibulandos e seus professores supõem, quando assistem a filmes baseados em leituras obrigatórias – que tal pensar também em filmes obrigatórios em seus exames?

Certamente, no exemplo dos vestibulandos, fica patente a funcionalidade do filme em relação ao tempo de lazer (ou auto-aprofundamento) de que dispõe cada um, de acordo com sua idade e sua classe social. Reafirmando a necessidade de todos terem acesso aos bons filmes, é preciso enfatizar também a necessidade de todos terem acesso aos bons textos literários como tópicos de primeira necessidade na sobrevivência humana.

Evocar as relações entre cinema e literatura é festejar apoios e apropriações que ambos se fazem reciprocamente, com a condição de continuarem a existir em suas especificidades. Precisamos de bons filmes e de bons livros. Descobrir os labirintos de espaço e tempo que Alain Resnais nos apresenta em *No ano passado em Marienbad* (argumento do escritor Alain Robbe-Grillet) não nos eximirá de procurar outros mundos nas palavras de João Guimarães Rosa, em *Grande sertão – veredas* (filmado, sem maiores arroubos, pelo cineasta Renato Geraldo Santos Pereira).

E esses são apenas dois exemplos, em um infinito universo de livros e filmes que podem marcar nossas vidas com a aventura da indagação sobre o mundo.

Esta coletânea contribui de maneira muito especial para compreendermos em maior profundidade os diálogos entre cinema e literatura, acompanhando falas de artistas que atuam nesses dois campos e nos ajudam a entender mais faces de sua produção.

Entendendo melhor os cineastas e literatos, bem como as obras que deles recebemos, tão importantes para nossas vidas, nós nos entenderemos ainda mais.

III. Introdução

∽❧ **Sérgio Rizzo**
Jornalista, mestre em Artes, doutorando em Ciências da Comunicação pela Escola de Comunicações e Artes da Universidade de São Paulo, crítico, colunista e professor

Repórter fotográfico notável que se transformou em (ou se promoveu a?) um dos mais importantes cineastas no domínio industrial durante a segunda metade do século 20, o norte-americano Stanley Kubrick (1928-1999) era alguém bem mais próximo da imagem do que da palavra. Envolvia-se sempre, contudo, no processo de roteirização de seus filmes. Quase todos foram adaptados de matéria-prima literária. Essa predileção por adquirir os direitos de adaptação de romances para o cinema e trabalhar com liberdade sobre eles o levou a formar produtivas parcerias com diversos autores.

    O escritor policial Jim Thompson (1906-1977), por exemplo, escreveu os diálogos de *O grande golpe* (1956) – baseado em livro de Lionel White – e, ao lado do próprio cineasta e do também escritor Calder Willingham (1922-1995), assinou o roteiro de *Glória feita de sangue* (1957), baseado em romance de Humphrey Cobb. Terry Southern (1924-1995) foi parceiro de Kubrick em *Dr. Fantástico* (1964), inspirado em romance de Peter George. O conto *O sentine-*

la, de Arthur C. Clarke, deu origem a *2001 – uma odisséia no espaço* (1968), cujo argumento foi criado especialmente para o cinema por Kubrick e Clarke, e depois transportado para livro pelo escritor.

O próprio cineasta escreveu os roteiros de *Laranja mecânica* (1971), baseado no romance homônimo de Anthony Burgess (1917-1993), e *Barry Lyndon* (1975), adaptação do romance de William M. Thackeray (1811-1863). Gustav Hasford e Michael Herr o ajudaram a roteirizar *Nascido para matar* (1987), baseado em livro de Hasford, e Frederic Raphael foi seu parceiro em *De olhos bem fechados* (1999), adaptação de romance de Arthur Schnitzler. Foi com o russo Vladimir Nabokov (1899-1977), no entanto, que Kubrick criou uma espécie de jurisprudência, responsável por estabelecer coordenadas fundamentais em sua carreira e por iluminar alguns aspectos das relações entre a literatura e o cinema.

Lolita foi publicado na França em 1955. Kubrick e seu parceiro na primeira fase da carreira, o produtor James B. Harris, leram o romance enquanto trabalhavam em *Spartacus* (1960), para o qual o cineasta havia sido chamado às pressas em substituição, com as filmagens em andamento, ao então já veterano Anthony Mann. Convencidos de que o livro – pivô de um dos grandes escândalos literários do século 20 – oferecia potencial para um filme de sucesso, venderam os direitos de *O grande golpe* para a United Artists com o objetivo de levantar os US$ 150 mil exigidos pela compra dos direitos de *Lolita* e de *Gargalhada no escuro*, outro romance de Nabokov, com trama semelhante – que, temia Kubrick, poderia ser adaptada rapidamente por um aventureiro, esvaziando o impacto de um filme sobre o primeiro.

O próprio Nabokov se dedicou, de março a novembro de 1960, em Los Angeles, a escrever um caudaloso roteiro de *Lolita*. Kubrick e Harris manteriam o nome do escritor nos créditos, sobretudo por angariar prestígio, mas descartaram quase todo o trabalho, por considerá-lo pouco cinematográfico. Havia também a necessidade de respeitar as normas do Código Hays, que fazia a auto-regulamentação da indústria cinematográfica norte-americana e impunha limites para o tratamento de uma série de temas – entre eles, sexo. Além de reescrever o roteiro, Kubrick e Harris trabalharam com base em improvisações durante as filmagens. Em nenhum momento, contudo, avisaram Nabokov a respeito da reescrita e dos improvisos. A estréia do filme confirmou a expectativa de boa bilheteria, mas as críticas foram divididas; parte substancial das objeções dizia respeito ao fato de que a Lolita de Kubrick se distanciava muito da ninfeta de Nabokov.

Do episódio, célebre pela estatura dos personagens e das obras envolvidas, extraem-se os seguintes ensinamentos:

1. Livro de grande repercussão é meio caminho andado para gerar um filme de grande repercussão. Kubrick, que se notabilizou por realizar filmes-evento, inscritos na agenda cultural de seu tempo, utilizaria-se desse predicado em outras ocasiões.

2. Os elementos de um grande romance podem ser impróprios para a realização de um filme baseado nele. Não por questões de linguagem, mas por circunstâncias específicas da produção cinematográfica em escala industrial: o alto investimento, gerando riscos elevados de perdas, cria a necessidade de atingir ampla massa de espectadores, que pode ser intimidada pelo impacto de certos assuntos (pedofilia, nesse caso) quando tratados em forma de imagens.

3. Livro é livro, filme é filme. Kubrick aprenderia a identificar em obras literárias um certo conceito, espírito ou essência que se prestasse a um argumento para cinema (em *Lolita*, o processo de loucura e humilhação do narrador, Humbert Humbert), mas se dedicaria, durante o processo de roteirização, a encontrar o seu próprio conceito para o argumento – que, em algumas ocasiões, poderia se orientar por um tom muito distinto daquele do livro, como em *Dr. Fantástico*, suspense político transformado em chanchada. *Lolita* viria a se tornar um filme sobre um homem, Humbert Humbert (James Mason), e seu duplo, cínico e fantasmagórico, o Guilty de Peter Sellers. O romance é "quente"; o filme, "frio".

4. Autores de obras são bons interlocutores durante o trabalho de adaptação, mas devem ser afastados de decisões sobre o destino de personagens, a eliminação ou inclusão de ações, e outros procedimentos que, julgará o escritor, descaracterizam seu trabalho. A rigor, descaracterizam mesmo. O objetivo das intervenções, afinal, é o de caracterizar uma obra cinematográfica, e não literária, cujo autor, em última instância, será outro.

Os depoimentos reunidos neste volume exploram múltiplos aspectos desses princípios. Aproveite-se a ocasião para lembrar de que a obra de Kubrick configura valioso objeto de estudo a respeito das relações complexas entre a literatura e o cinema.

IV. PRINCÍPIOS
Dos mistérios da criação literária

∽∂∾ José Domingos de Brito
*Chefe do Centro de Documentação do
Parlamento Latino-Americano*

As relações entre o cinema e a literatura são tão fortes que alguns estudiosos chegam a afirmar a sua existência antes mesmo do surgimento do cinema. Para isto evocam uma teoria limite, segundo a qual há uma essência do cinema, de um "pré-cinema" embutido em alguns textos literários "anteriores à forma de expressão cinematográfica, e que teriam como especificidade o fato de os escritores ordenarem o relato em função da incidência do olhar do narrador, da sua 'ocularização' da cena a narrar". Desse modo, a narrativa cinematográfica já se encontrava latente em alguns textos narrativos literários e o surgimento do cinema no final do século XIX foi apenas a "descoberta da tecnologia que permitiu concretizar o modo narrativo que enfatiza a visualização perceptiva da imagem de uma cena"[1].

Por outro lado, a professora Maria Ester M. Borges demonstrou – num curso destinado a analisar tais relações – que estas não se limitam apenas ao "trabalho de adaptação cinematográfica de obras literárias ou à sua incorporação, mas se dão também por meio de

---
1 Urrutia, Jorge. El cine filológico. In: *Discursos*, n. 11-12. Coimbra: Universidade Aberta, 1996. p. 37-52.

diálogos implícitos, citações, evocações oblíquas, 'transcrições' e cruzamentos imprevistos"[2]. Vê-se, portanto, que estamos lidando com um relacionamento, digamos, umbilical e que, admitido isto, poderíamos dizer que o cinema não existiria da forma como o concebemos hoje caso não recebesse os aportes proporcionados pelos recursos literários.

E o contrário, o cinema influenciando a literatura, também ocorre? Sim. A partir de certo momento o cinema passou a exercer alguma influência sobre a criação literária. "Aquelas longas descrições de paisagens dos antigos romances tornaram-se anacrônicas: a câmera faz isto muito melhor"[3]. Há quem admita o roteiro cinematográfico como um gênero literário e até existem escritores que trabalham o texto com um olho na literatura e outro no cinema, ávidos de verem sua obra filmada. Se bem que neste caso verifica-se um interesse mais comercial do que artístico. O público do cinema conta-se aos milhões, enquanto o público da literatura conta-se, quando muito, aos milhares. Porém, os literatos propriamente ditos, que prezam a profissão, não incorrem neste costume.

Na opinião de Jorge Furtado, é natural que alguém "se decepcione quando vê as imagens criadas pelo cineasta e diga: gostei mais do livro"[4]. Pois ao ler o romance cada leitor cria suas próprias imagens, que podem ser mais belas ou mais bem feitas do que aquelas que o cineasta imaginou. Vale ressaltar que esta é a opinião de um cineasta. Existem, também, escritores apologistas do cinema como arte. Henry Miller, por exemplo, chega ao cúmulo do absurdo em saudar a substituição da literatura pelo cinema: "O cinema é o mais livre

---

2   Borges, Maria Ester Maciel. *Ementa do curso Tópicos de teoria da literatura: literatura e cinema – STL001.* Faculdade de Letras da Universidade Federal de Minas Gerais – UFMG, 2004. Disponível em: <www.letras.ufmg.br/site/ementas0602/STL001%20Maria%20Ester.doc>. Acesso em: 16 de março de 2007.

3   Scliar, Moacyr. *Cinema e literatura: a conflagrada fronteira.* Disponível em: <www.celpcyro.org.br/cinema_literatura.htm>. Acesso em: 24 de janeiro de 2007.

4   Furtado, Jorge. A adaptação literária para o cinema e televisão. 10ª Jornada Nacional de Literatura, Passo Fundo, RS, agosto de 2003.

de todos os meios de comunicação, pode-se realizar maravilhas com ele. De fato, eu iria saudar o dia em que os filmes substituíssem a literatura, quando não houvesse mais necessidade de ler"[5]. Está visto que tal declaração foi obtida no calor de uma descontraída entrevista e que o ilustre escritor estava querendo brincar com o entrevistador, expondo dessa forma sua predileção pelo cinema. Somente sob este aspecto podemos aceitar sua afirmação. Pois ele, mais do ninguém, devia saber da independência entre estas duas artes e que jamais uma poderá substituir a outra.

Não existe aqui a intenção de entrar na análise detalhada destas relações. O que se pretende com esta coletânea de depoimentos é seguir o conselho do mestre Cyro dos Anjos, para quem os estudos sobre a criação artística não poderão seguir um único método, "mas há de basear-se em depoimentos e reflexões dos próprios artistas sobre a sua própria atividade"[6]. Assim, procuramos obter uma grande quantidade de depoimentos de escritores e cineastas para saber como eles próprios enxergam esta relação, como vêem a junção destas distintas áreas de entretenimento e criação artísticas. Infelizmente não foi possível obter a mesma quantidade de depoimentos entre os artistas da literatura e do cinema. Há uma predominância dos escritores, devido ao fato de estes serem mais questionados em suas entrevistas sobre tal relacionamento. Mas, não deixa de ser curiosa a discrepância dos depoimentos mesmo entre os escritores. É sabido por todos a ojeriza que alguns escritores têm pelo romance transposto para o cinema e mesmo a repulsa do leigo quanto a estas transposições. Há, inclusive, um ditado popular dizendo que uma boa transposição cinematográfica é aquela de um romance que ainda não foi lido.

---

5   *Os Escritores 2: as históricas entrevistas da Paris Review*. São Paulo: Companhia das Letras, 1989.

6   Anjos, Cyro dos. *A criação literária: notas de leitura*. Coimbra: Tipografia da Atlântida, 1954 (Separata da *Revista Filosófica*, ano IV, nº. 12).

Parte I

DEPOIMENTOS

ADOLFO BIOY CASARES
Adolfo Bioy Casares

 Creio que em um romance ou em um conto tem de haver cenas visuais. É por isso que as imagens do cinema influenciaram minha obra. A idéia é que em um romance ou em um conto haja, no começo, no meio e no fim, situações muito visuais.

Fonte: DÍAZ, Hernán; WINOGRAD, Victor. Bravo!, 1999.

ADOLFO BIOY CASARES nasceu na Argentina, em 1914. Reconhecido como um dos maiores escritores latino-americanos. Sua obra é considerada uma das mais imaginativas do realismo fantástico. Foi um escritor muito precoce. Seu primeiro livro, *Prólogo*, foi escrito aos 15 anos, e aos 25 anos escreveu seu romance mais conhecido, *A invenção de Morel* (1940), traduzido para mais de 20 línguas. Um livro excepcional, que inspirou o filme *O ano passado em Marienbad*, de Alain Resnais. Amante dos esportes – foi atleta, tenista, jogador de futebol e rúgbi – e das mulheres. "Não fui campeão dos mulherengos. Mas tive as necessárias, o que significa muito", declarou em 1997. Não é por outra razão que foi chamado de Adolfo "Playbioy" Casares. Dos livros que escreveu, o que mais o atrai é *Guirlanda com amores*, um volume de narrativas que inclui alguns poemas: "É o livro que melhor expressa minha maneira de ser". Dentre as obras, destacam-se: *Plan de evasión* (1945), *O sonho dos heróis* (1954) e *Histórias de amor* (1972). Em 1994, publica suas *Memórias*, um painel completo de sua vida que traz informações preciosas sobre o ambiente literário argentino no período de 1930-1950. Aos 82 anos, lança *De jardines ajenos* (1997). Seu último livro é *Conversações com Borges* (1999). Faleceu em 1999.

AGUSTINA BESSA-LUÍS
Agustina Bessa-Luís

❝ O roteiro reporta-se imediatamente à imagem e como ela se move. Em todos os filmes de grande êxito, os personagens não têm nada a ver com a realidade. Por exemplo, um dos filmes que eu mais gostei na minha vida foi *Crime e castigo*, na versão russa. Mesmo aquelas figuras miseráveis, terríveis que aparecem não têm nada a ver com a realidade, aquilo é uma composição embora deixe ver o gênio que é o Dostoiévski. É diferente no sentido em que, quando escrevemos, podemos fazer uma fotografia do real e quando aquilo é transformado numa obra de imagem é, de fato, uma coisa diferente até por uma questão de tempo. Ao escrever um romance é como compor uma sinfonia com muitos andamentos, pode-se contar com uma orquestra infinita. Num roteiro não, é tudo muito mais conciso, tem de haver uma sobriedade e um equilíbrio de forças diferentes. Eu gostaria mesmo era de ser roteirista, mas agora já não é hora para começar. É que acho muito importante o diálogo no cinema. Há uns extraordinários. Eu vejo um filme dos anos 40, 50 e logo vejo que há um escritor por trás, nem que seja de gângsteres. Ao mesmo tempo há o humor, a rapidez da frase e a mensagem. Houve uma época de grandes roteiristas, depois foi ultrapassada pela onda dos efeitos especiais, mas agora, mesmo nos filmes americanos, vejo que volta a importância do diálogo. ❞

Fonte: DURAN, Cristina R. O Estado de São Paulo, *1º de janeiro de 1996.*

❝ O cinema é uma forma de respirar da literatura. Bergman queria ser escritor, mas a linguagem literária é outra. A linguagem cinematográfica é puramente emotiva e mais sintética. Mostra, mas não demonstra, ilumina, mas não informa.

Fonte: ALMINO, João. Folha de São Paulo, 18 de junho de 2000.

AGUSTINA BESSA-LUÍS nasceu em Portugal, em 1922, e publicou mais de 50 livros, entre romances, ensaios e peças de teatro. A inventora da literatura moderna da velha geração portuguesa publicou seu primeiro livro *Mundo fechado* em 1948. Escreve, também, para o teatro e cinema e é a "roteirista de plantão" do cineasta Manoel de Oliveira. *Francisca, Vale Abraão, Terras do risco* e *Party* são livros que viraram filmes nas mãos do cineasta. Teve destacada militância política, exerceu importantes atividades na área jornalística e ocupou cargos públicos na área cultural. A partir de 1954, com o lançamento de *A sibila,* passou a ocupar posto de destaque na literatura portuguesa. Um de seus livros, *Memórias laurentinas* (1996), conta a história de uma família (a dela) descendente de espanhóis e portugueses, ocorrida na região de Loureiro. São memórias de seu avô, que a privilegiou, quando contava apenas com dois ou três anos, em seu testamento, em detrimento dos netos homens. Escrever esse livro significou o pagamento de uma dívida moral e afetiva com seu avô. Em 1997 lançou *Um cão que sonha* e ganhou o Prêmio da União Latina. Em 2000 publicou *A quinta essência,* uma obra que trata, de forma romanceada, das relações entre Portugal e China. Em 2004, aos 81 anos, foi agraciada com o mais importante prêmio literário da língua portuguesa, o Prêmio Camões, pelo conjunto de sua obra. Em outubro do mesmo ano, esteve no Brasil para lançar *Vale Abraão*. Mais alguns de seus romances: *A muralha* (1957), *O sermão do fogo* (1962), *A Bíblia dos pobres* (1967), *Crônica do Cruzado Osb* (1976), *Prazer e glória* (1988), *Concerto dos flamengos* (1994), *O princípio da incerteza* (2001 e 2002) etc.

ALAIN ROBBE-GRILLET
Alain Robbe-Grillet

> Escrever é uma atividade solitária, mais tranqüila, mas também mais introspectiva. Já filmar é uma atividade coletiva, mais divertida, mas também mais fatigante. Elas não oferecem o mesmo tipo de prazer. Mas, para tentar responder, posso dizer assim: eu creio que minha literatura durará mais, porque ela é mais sólida do que meu cinema. Godard dizia que os filmes são 'obras provisórias', o que é correto, até porque eles se deterioram com o tempo. Concordo com Godard, a literatura é mais duradoura que o cinema.
>
> Fonte: CASTELLO, José. O Estado de São Paulo, 22 de fevereiro de 1997.

ALAIN ROBBE-GRILLET nasceu em Rest, na França, em 1922. É o criador do "nouveau roman". Além de escritor, é roteirista, diretor de cinema e teórico da literatura, pois pensa e age sobre o fazer literário. Em 1963, participou de um encontro de escritores, em Leningrado, onde apresentou um trabalho cujo título é significativo: *Por definição, o escritor não sabe para onde vai e escreve para tentar compreender por que escreve*. É o roteirista de *O ano passado em Marienbad* e diretor de mais de dez filmes. Concluiu sua autobiografia, em três livros, intitulada *Romanesques*, cujo último volume, *Les derniers jours de Corinthe*, foi lançado em 1995 e traduzido para o português – *Os últimos dias de Corinto* – em 1997. Seus romances *La maison du rendez-vous* e *La jalouise* fizeram sucesso junto ao público francês. Em 2001 lançou *La reprise*, que, segundo Gilles Lapouge, "dá um adeus magnífico ao 'nouveau roman', se é que isto existiu". Vive num castelo do século 17 na Normandia.

ALAN PAULS
Alan Pauls

> Para mim, cinema e literatura são práticas e meios muito heterogêneos. Talvez em *Wasabi*, meu romance mais recente, essa divisão apareça de modo mais definido. Mas, quando escrevi meus dois romances anteriores, eu só acreditava nas palavras, eu achava que elas bastavam. Eu tinha a crença de que a literatura era um território completamente auto-suficiente, em que se pode estar, que se podia habitar sem necessitar de mais nada. Mas, a partir de dado momento, comecei a descobrir os pontos de contato entre esse território fechado da literatura e o mundo exterior. A partir daí começaram a aparecer em meus escritos as experiências, as imagens. Nesse sentido, *Wasabi* já é um livro mais permeável. Antes, a literatura para mim era impermeável. Hoje me interesso pela permeabilidade do literário. *Wasabi* tem, até mesmo, um fundo autobiográfico. Eu nunca tinha feito isso antes, nunca tinha trabalhado literariamente com minha vida pessoal.

Fonte: CASTELLO, José. O Estado de São Paulo, *8 de julho de 1997.*

> Parece-me que literatura e cinema são coisas muito diferentes e, quanto mais diferentes sejam, melhor. A diferença básica é que escrever é não ver. Quando a literatura é adaptada para o cinema, em geral se arruína a literatura e se arruína o cinema. Por isso, me interessa mais escrever direto para o cinema que fazer adaptações.

Fonte: CASTELLO, José. O Estado de São Paulo, *18 de novembro de 1995.*

ALAN PAULS nasceu em 22 de abril de 1959, em Buenos Aires, Argentina. Jornalista, crítico literário e de cinema, tradutor e romancista. Começou escrever aos 13 anos imitando Ray Bradbury, com histórias acontecidas em Marte ou em Júpiter. Seu primeiro livro publicado, o romance *El pudor del pornógrafo* (1984), foi escrito no gênero epistolar e trata de um intercâmbio amoroso entre dois amantes destinados à separação para continuar uma paixão obsessiva e enganosa. O segundo – *El colóquio* (1990) – é um romance policial, no qual seis personagens reconstroem a seqüência de um suposto crime passional em que se cruzam referências literárias e cinematográficas. Tem publicado ensaios sobre a obra de Manuel Puig, L.V. Mansilla e Roberto Arlt e colabora regularmente nos suplementos literários do jornal *Pagina 12* e da revista *Pagina 30*, nos quais escreve sobre crítica literária e de cinema. Trabalhou, também, como diretor de programas para a televisão – *La era de ñandu* – em 1987 e para o cinema – *Sinfin* – em 1988. Foi autor convidado pela Maison des Écrivains Étrangers et des Traducteurs, em 1994, e, como fruto dessa experiência, escreveu *Wasabi* (1994), narrando a viagem e as aventuras improváveis de um escritor argentino na França. Em 2003 publicou *El pasado*, um romance mais ou menos autobiográfico, que demorou cinco anos para ser concluído, com o qual ganhou o Prêmio Herralde.

ALBERTO MORAVIA
Alberto Pincherle

❝ Onde quer que haja artesanato, há arte. Mas a questão é: até que ponto permitirá o cinema expressão? A câmara é um instrumento menos complexo de expressão que a pena, mesmo nas mãos de um Eisenstein. Jamais será capaz de exprimir tudo aquilo, digamos, que Proust era capaz de fazê-lo. Jamais. A despeito disso, é um meio espetacular, transbordante de vida, de modo que o trabalho não é inteiramente penoso. É, hoje, a única arte realmente viva na Itália, devido ao seu grande apoio financeiro. Mas trabalhar para o cinema é exaustivo. E um escritor não consegue ser mais que um homem-idéia, ou um cenarista – um subalterno, na verdade. O cinema oferece-lhe pouca satisfação, à parte o pagamento. Seu nome não aparece sequer nos cartazes. Para um escritor, é uma tarefa amarga. E, o que é mais, os filmes são uma arte impura, à mercê de uma confusão de mecanismos – *gimmicks* (truques), como, creio os senhores dizem em inglês... *ficelles* (artimanhas). Quase não há espontaneidade. Isso não deixa de ser natural, claro, quando pensamos nas centenas de expedientes mecânicos empregados na feitura de um filme, no exército de técnicos. Todo o processo não passa de cortar e deixar secar. A inspiração da gente torna-se rançosa, quando se trabalha no cinema – e, o que é pior ainda, a mente da gente se acostuma para sempre a procurar truque e, ao fazê-lo, acaba por arruinar-se, por destruir-se. Não me agrada, de modo algum, trabalhar para o cinema. Os senhores compreendem o que quero dizer: suas compensações não são, num sentido real, compensadoras; mal valem o dinheiro que se ganha, a menos que se precise dele. ❞

Fonte: COWLEY, Malcom. Escritores em ação: As famosas entrevistas à Paris Review. *Rio de Janeiro: Paz e Terra, 1968.*

ALBERTO PINCHERLE nasceu em 28 de novembro de 1907, em Roma, Itália. Foi considerado o imperador do romance italiano. Mesmo assim, isso não impediu que, em 1952, a Igreja Católica o colocasse no "Índex das obras proibidas", devido ao tema em que se baseiam seus livros: a degradação de princípios morais durante o empenho de seus personagens para se manterem vivos. Conquistou muitas honrarias e, para seu consolo, ganhou os prêmios literários Strega e Legião de Honra no mesmo ano em que foi proibido pela Igreja. Com apenas 22 anos escreveu *Os indiferentes*, um dos romances italianos mais importantes do século. Foi também autor teatral, ensaísta e crítico de cinema. Suas críticas ao fascismo de Benito Mussolini levaram à censura de suas obras, e alguns de seus contos só foram publicados porque adotou um pseudônimo nada discreto: "Pseudônimo". No entanto, não agüentou o exílio forçado e escreveu a Mussolini, em 1938, pedindo que o excluísse da proibição imposta a todos os judeus de escrever. Dizia que não era judeu, mas "católico de nascimento". Em 1943, refugiou-se com sua esposa numa região montanhosa, para escapar da perseguição política. Entre suas obras destacam-se *Agostinho* (1944), *A romana* (1947), *O conformista* (1951), esta considerada por ele mesmo como sua obra de maior êxito, *A ciociara* (1957), *O tédio* (1960), *Desideria* (1978) e *O homem que olha* (1985). Nos últimos anos de vida, dedicou parte de seu tempo trabalhando numa editora de Milão e como colaborador constante do *Corriere della Sera* e do *L'Europeo*. Faleceu em 1990.

ALEXEI BUENO
Alexei Bueno

> À arte só pode importar a hiperconsciência. Render-se à zorra tecnológica é traição. A exceção foi a invenção da câmara cinematográfica, um momento transcendente da história humana... a grande invenção artística do século 20. Naturalmente estou falando do grande cinema de Griffith, Glauber, Godard, Eisenstein. Quanto aos mais recentes, ainda não saberia dizer, prefiro manter um distanciamento de 20 anos. Não faço cinema porque não tenho dinheiro, mas platonicamente sou um diretor. Tenho filmes na cabeça com diálogos, movimentos de câmera e tudo mais.

Fonte: GRAIEB, Carlos. O Estado de São Paulo, *17 de janeiro de 1996*.

ALEXEI BUENO nasceu em 26 de abril de 1963, no Rio de Janeiro. Escritor, poeta, tradutor e editor de obras completas de alguns renomados colegas. Seu primeiro livro de poesias – *As escadas da torre* – saiu em 1984 e foi anunciado como um autor promissor. Segundo o crítico Carlos Machado, é um poeta clássico em tempos pós-modernos, que freqüentemente faz referências a temas ou personagens da antiguidade grega. Em *Poesia reunida* (Nova Fronteira, 2003), constatamos "alguns versos livres, mas o que dá o tom de toda a obra são sonetos e outros poemas de forma fixa, bem rimados e metrificados". São poucos os poetas atuais a trabalhar desse modo. Com este livro ele arrebatou dois importantes prêmios nacionais na categoria poesia: Academia Brasileira de Letras e Câmara Brasileira do Livro (Jabuti). Outros livros publicados: *Poemas gregos*, (1985); *Nuctemeron* (1987); *A chama inextinguível* (1992); *Lucernário* (1993); *A juventude dos deuses* (1996); *Entusiasmo* (1997). Como editor da Nova Aguilar organizou a *Obra completa de Augusto dos Anjos* (1994); *Obra completa de Mário de Sá-Carneiro* (1995); a atualização da *Obra completa de Cruz e Sousa* (1995); *Obra reunida de Olavo Bilac* (1996); *Poesia completa de*

Jorge de Lima; Obra completa de Almada Negreiros (1997). Publicou também, pela Nova Fronteira, *Grandes poemas do Romantismo brasileiro* (1994) e uma edição comentada de *Os Lusíadas* (1996). Traduziu *As quimeras*, de Gérard de Nerval, editado pela Topbooks, bem como a primeira edição brasileira, prefaciada e anotada, da *História trágico-marítima*. Em 2002 organizou, a convite da UNESCO, a *Anthologie de la poésie romantique brésilienne*, editada em Paris, e a *Correspondência de Alphonsus de Guimaraens* para a Academia Brasileira de Letras. Em 2004 organizou a antologia *Poesía brasileira hoxe*, para a Editorial Danú, de Santiago de Compostela. Em 2006 organizou e publicou, junto com George Ermakoff, *Duelos no serpentário, uma antologia da polêmica intelectual no Brasil*. Colabora em diversos órgãos de imprensa no Brasil e no exterior, é membro do PEN Clube do Brasil, e foi, de 1999 a 2002, diretor do INEPAC – Instituto Estadual do Patrimônio Cultural do Rio de Janeiro.

AMOS OZ
Amos Klausner

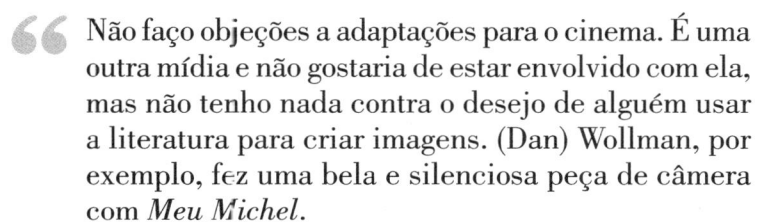

> Não faço objeções a adaptações para o cinema. É uma outra mídia e não gostaria de estar envolvido com ela, mas não tenho nada contra o desejo de alguém usar a literatura para criar imagens. (Dan) Wollman, por exemplo, fez uma bela e silenciosa peça de câmera com *Meu Michel*.

Fonte: GONÇALVES FILHO, Antonio. O Estado de São Paulo,
19 de maio de 2005.

AMOS KLAUSNER, o renomado escritor e ensaísta sobre as questões do Oriente Médio, nasceu em Israel, em 1939. Rebelou-se contra a família aos 15 anos e, com a morte da mãe, adotou o sobrenome Oz, que significa "coragem" e "força" em hebraico. Amos é o nome do irado profeta bíblico que advertia os ricos: "Ai de vós que dormis em camas de marfim". Estreou em 1965 com *Where the jackals howl*. Em novembro de 1997, esteve no Brasil para lançar *Não diga noite*. Seus quase 20 livros costumam ser traduzidos em diversos países: *Sumri, Conhecer uma mulher, A caixa preta, Pantera no porão* etc. Ele não gosta do termo, mas é um pacifista batalhador. Fundou o movimento "Paz Agora", e é considerado uma das figuras públicas mais importantes de Israel. Em 1999 lançou *O mesmo mar*, escrito em versos livres, no qual preferiu ficar longe da política e estabeleceu um diálogo entre confissão e ficção. Em 2001 publicou *História de amor e escravidão*, romance autobiográfico, e em 2004 retornou aos ensaios ao lançar *Contra o fanatismo*. Defende um acordo entre judeus e palestinos e acha que a criação de dois Estados é inevitável. Em 2005 publicou suas memórias: *De amor e trevas*, obra que oferece uma visão pessoal da criação de Israel. É um autor constantemente lembrado para receber o Prêmio Nobel de Literatura, devido ao seu envolvimento político nas questões do Oriente Médio. Em 2007 esteve no Brasil participando da V FLIP – Festa Literária Internacional de Paraty. Seu lançamento mais recente é *De repente, nas profundezas do bosque* (Cia. das Letras, 2007).

ANTHONY BURGESS
John Anthony Burgess Wilson

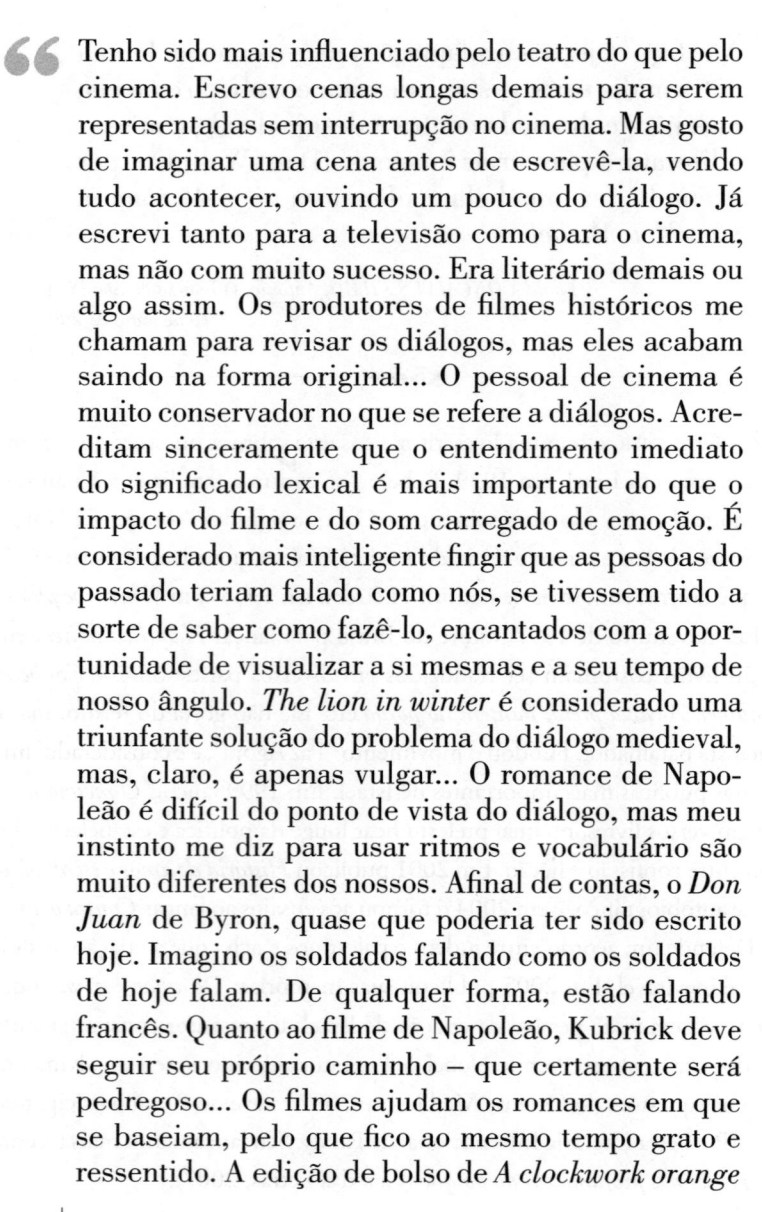

> Tenho sido mais influenciado pelo teatro do que pelo cinema. Escrevo cenas longas demais para serem representadas sem interrupção no cinema. Mas gosto de imaginar uma cena antes de escrevê-la, vendo tudo acontecer, ouvindo um pouco do diálogo. Já escrevi tanto para a televisão como para o cinema, mas não com muito sucesso. Era literário demais ou algo assim. Os produtores de filmes históricos me chamam para revisar os diálogos, mas eles acabam saindo na forma original... O pessoal de cinema é muito conservador no que se refere a diálogos. Acreditam sinceramente que o entendimento imediato do significado lexical é mais importante do que o impacto do filme e do som carregado de emoção. É considerado mais inteligente fingir que as pessoas do passado teriam falado como nós, se tivessem tido a sorte de saber como fazê-lo, encantados com a oportunidade de visualizar a si mesmas e a seu tempo de nosso ângulo. *The lion in winter* é considerado uma triunfante solução do problema do diálogo medieval, mas, claro, é apenas vulgar... O romance de Napoleão é difícil do ponto de vista do diálogo, mas meu instinto me diz para usar ritmos e vocabulário são muito diferentes dos nossos. Afinal de contas, o *Don Juan* de Byron, quase que poderia ter sido escrito hoje. Imagino os soldados falando como os soldados de hoje falam. De qualquer forma, estão falando francês. Quanto ao filme de Napoleão, Kubrick deve seguir seu próprio caminho – que certamente será pedregoso... Os filmes ajudam os romances em que se baseiam, pelo que fico ao mesmo tempo grato e ressentido. A edição de bolso de *A clockwork orange*

vendeu mais de um milhão de cópias nos Estados Unidos, graças ao caro Stanley. Mas não gosto de ser visto apenas como um mero criador de filmes. Desejo ser bem-sucedido por meio da literatura pura. Impossível, é claro.

Fonte: Os Escritores 2 – as históricas entrevistas da Paris Review.
São Paulo: Companhia das Letras, 1989.

JOHN ANTHONY BURGESS WILSON nasceu em 25 de fevereiro de 1917, na Inglaterra. Romancista, jornalista, ensaísta e músico nas horas vagas. Logo após diplomado em literatura, em 1940, foi lecionar no Colégio do Exército, aonde chegou ao posto de sargento. Gibraltar, onde serviu por três anos, foi o cenário de seu primeiro romance, *A vision of battlements* (1965). Após a guerra, viajou pelo mundo e retornou a Londres em 1959 para se tornar escritor profissional e destacado crítico. Tem diversos romances publicados, *One hard copping* (1961) e *Inside Mr. Enderby* (1963), sob o pseudônimo Joseph Kell. Seu livro mais conhecido no Brasil é *Laranja mecânica* (1962), devido à polêmica filmagem de Stanley Kubrick. Além de ficção, dedicou-se ao ensaio, gênero em que se destacam: *Re-Joyce* (1965) e *The novel now* (1967); à antologia: *Urgent copy* (1968); e à biografia: *Shakespeare* (1970). Outros títulos de sua obra: *Beds in the East* (1959), *The doctor is sick* (1960), *Devil of a state* (1961), *The wanting seed* (1962), *Nothing like the sun* (1964), *Tremor of intent* (1966), *Napoleon simphony* (1974), *Earthly powers* (1980). Os três últimos títulos foram traduzidos entre nós como *A última missão, Sinfonia Napoleão* e *Poderes terrenos,* respectivamente. Como músico, teve uma de suas sinfonias executadas na montagem da tradução que fez de *Cyrano de Bergerac*. Faleceu em 1993.

ANTONIO OLINTO
Antonio Olyntho Marques da Rocha

> O jornalista que descreve, procura colocar o leitor em posição visual de compreender o acontecimento, a narrativa, como localizados num determinado espaço. Há, em geral, necessidade de serem reerguidas, pedaço por pedaço, as paisagens que circundam os fatos e têm, às vezes, com eles, íntima relação. É um trabalho de verdadeiro arquiteto literário, preocupado em construir, ou em reconstruir, os interiores e exteriores em que as cenas se passam, de um modo quase cinematográfico, modo que o século XX tornou mais comum no romance universal, como decorrência mesma do cinema. O retângulo da tela mostra lugares, objetos, tem aquela 'objetividade' que Maupassant preconizava para a ficção poucos anos antes da invenção do cinema. O próprio aparelho, que focaliza, que enquadra as cenas, tem o nome de 'objetiva' e isto acabou determinando a linha de narração com pormenores no espaço, tanto para a reportagem como para uma classe de romance. É o que se poderia chamar de 'objetivação especial de uma história'.

Fonte: OLINTO, Antonio. Jornalismo e literatura.
Rio de Janeiro: MEC – Ministério da Educação e Cultura, 1955.

ANTONIO OLYNTHO MARQUES DA ROCHA nasceu em Ubá, Minas Gerais, em 1919. Jornalista, professor, crítico literário e poeta, estudou em seminários católicos, mas desistiu de ser padre para se tornar professor de latim, português, história da literatura, francês e inglês. Publicou seu primeiro livro de poesias, *Presença*, em 1949. Em 1952, a convite do Departamento de Estado dos Estados Unidos, percorreu 36 estados fazendo conferências sobre cultura brasileira.

Foi crítico literário do jornal *O Globo* por 25 anos e colaborou em jornais de todo o Brasil. Foi adido cultural em Lagos, Nigéria, por três anos (1962-1965), enfronhou-se nos assuntos da nova África independente e produziu a trilogia: *A casa da água* (1969), *O rei de Keto* (1980) e *Trono de vidro* (1987), traduzida para 19 idiomas. Em 1968, foi nomeado para a mesma função em Londres, tendo organizado uma série de conferências e exposições. Em 1994, recebeu o Prêmio Machado de Assis, pelo conjunto da obra: *Jornalismo e literatura* (1955), *O homem do madrigal* (1957), *O dia da ira* (1959), *Antologia poética* (1967), *Tempo de verso* (1992); romances: *Brasileiros na África* (1964), *O problema do índio brasileiro* (1973), *Copacabana* (1975), *Para onde vai o Brasil?* (1977), *Os móveis da bailarina* (1985), *Tempo de palhaço* (1989), *Sangue na floresta* (1993), entre outros. Em 1997, ingressou na Academia Brasileira de Letras. Ultimamente vem se dedicando à pintura e teve uma exposição de seus quadros *naif* no Shopping Cassino Atlântico, com o lançamento de seu livro, *Ary Barroso*, em 17 de julho de 2003.

Antonio Skármeta
Esteban Antonio Skármeta Branicic

" Cinema e literatura são linguagens diferentes desde o momento em que se escreve a primeira palavra de um romance ou um roteiro. Na narrativa se escreve para procurar o que se quer escrever. É preciso criar um magma emocional, a partir do qual brotará a história, luminosa entre as opacidades e turbulências. No roteiro é preciso saber desde o início que história vai ser contada. O final do filme exige que as partes se ordenem em função dele. Não se pode dar um passo sem saber onde se dará o seguinte... Decidi que não vou mais escrever para cinema. Caso algum diretor se interesse pelos meus contos ou minhas novelas, deve simplesmente conversar com meu agente literário e, se adquirir os direitos da obra, ele mesmo deverá propor os roteiristas que farão a adaptação para o cinema. O trabalho de participar de uma produção de cinema como roteirista me parece extremamente desgastante. São muitas pessoas que intervêm quando um roteiro está pronto e são muitas opiniões às quais é preciso prestar atenção para que o produtor possa conseguir os recursos necessários para fazer o filme. Eu estava com dois projetos há algum tempo, quando me contrataram para escrever duas versões da mesma história. Essa história já se decompõe em minhas mãos, perde cada vez mais energia e você percebe depois de algum tempo que a segunda versão era infinitamente superior à oitava e continua trabalhando na mesma coisa. Então, quando finalmente começa este trabalho tão exaustivo, esta combinação entre criação e indústria, característica do cinema, você já está sufocado. Eu escrevi roteiros com alegria durante um tempo, mas decidi não fazê-lo mais. Se tiver uma oferta para escrever uma história para cinema, uma adaptação da minha própria obra, prefiro mil vezes que outra pessoa a faça.

Fonte: <www.clubcultura.com>.
Acesso em: 12 de maio de 2004.

ESTEBAN ANTONIO SKÁRMETA BRANICIC nasceu em 7 de novembro de 1940, em Antofagasta, Chile. Graduado em Filosofia e Literatura, romancista, dramaturgo, diretor e roteirista cinematográfico e de TV, é considerado um dos principais escritores contemporâneos. Seus romances e contos têm sido traduzidos para mais de 25 idiomas, muitos deles reeditados permanentemente. O curioso é que a consagração literária lhe chegou por intermédio do cinema. Em meados de 1983, enquanto ministrava aulas de roteiro na Academia Alemã de Cinema, foi convidado por um produtor de cinema para escrever um roteiro urgente que reunisse dois ingredientes: Neruda e Chile. Surgiu, então, *Ardente paciência,* primeiro longa-metragem dirigido por ele mesmo. O filme ganhou muitos prêmios e, atendendo a pedidos, Skármeta transformou o roteiro em romance, que obteve um relativo sucesso, mas nada comparado ao que viria mais de dez anos depois. Em 1994, a história foi refilmada e rebatizada como *O carteiro e o poeta,* título brasileiro, e *O carteiro de Neruda,* título adotado na maioria dos outros países. Recebeu cinco indicações ao Oscar, ganhou um deles e tornou-se o filme estrangeiro mais visto nos Estados Unidos em todos os tempos. O romance homenageia o poeta Pablo Neruda, a quem mostrou sua primeira experiência literária, *El entusiasmo,* em 1967. Neruda gostou do livro, mas disse-lhe que era preciso ver o segundo, "pois todos os primeiros livros de escritores chilenos são bons". Não foi preciso esperar muito. Em 1969, lançou o livro de contos *Desnudo en el tejado,* com o qual ganhou o Prêmio Casa de las Américas. Em 1973, quando emigrou para a Europa em exílio, seus contos já eram celebrados pela crítica como uma renovação da prosa latino-americana. Em seguida, passou a viver em Berlim, onde ficou até 1989 e para onde voltaria em 2000 como embaixador do Chile. Retornou ao Chile em 1989 e, em 1992, criou na TV o "Show de los libros", programa literário semanal com a audiência de um milhão de espectadores. Mais tarde, em 1998, o programa mudou o título para "Torre de papel" e passou a ser transmitido para todo o mundo através do canal People & Arts. Em 1999, lançou *O casamento do poeta*, que deverá transformar-se numa trilogia recontando a história de sua família. Com esse livro, obteve o Prêmio Médicis, na França, e o Grinzane Cavour, na Itália. A segunda parte da trilogia veio com *A garota do trombone* (2001). O autor é um colecionador de prêmios literários, cinematográficos e televisivos. Seu lançamento mais recente, *El baile de la victoria* (2003), ganhou o Prêmio Planeta, na Espanha.

ANTONIO TABUCCHI
Antonio Tabucchi

" Gosto de filmes sobre a realidade, mas com simbologia e metáfora. A arte tem uma maneira oblíqua de dizer as coisas, buscando zonas obscuras, a dos naufrágios. Coppola fez *Apocalipse now* sobre a Guerra do Vietnã mas foi buscar a metáfora no *Coração das trevas* do Conrad. A realidade é importante, mas o filtro da arte é muito mais. Se esse filme (*Afirma Pereira*) não tiver filtro, prefiro ver um documentário sobre o salazarismo... Às vezes gosto, às vezes não (dos filmes de meus livros). No *Noturno indiano* gostei especialmente porque o Alain Corneau não caiu na tentação de fazer um postal com o folclore indiano. Foi muito discreto, rodou dentro de interiores de quartos, hospitais, hotéis. "

Fonte: COURI, Norma. Jornal do Brasil, 6 de agosto de 1994.

" A diferença (entre o cinema e a literatura) é que o cinema tem que escolher uma linha e o diretor privilegiou, do meu romance, o aspecto político. Como sabe, o meu romance tem muitos aspectos: estético, psicológico, metafórico. É o romance de uma vida. Mas o cinema tem que usar a tesoura. Às vezes brutalmente, embora eu tenha gostado muito da interpretação do Marcello Mastroianni. "

Fonte: ARAÚJO NETTO. Jornal do Brasil, 25 de novembro de 1995.

ANTONIO TABUCCHI nasceu em 24 de setembro de 1943, em Pisa, Itália. Escritor e professor de literatura portuguesa nas universidades de Pisa e Siena. Na década de 1960 estudou em Paris, na Sorbonne, e conheceu a obra de

Fernando Pessoa, pela qual ficou apaixonado. De volta à Itália, aprendeu português, casou-se com a portuguesa Maria José de Lancastre, que lhe ajudou na tradução e editoração italiana da obra do poeta e tornou-se profundo conhecedor da "alma" portuguesa. Apreciador também de literatura brasileira, traduziu poemas de Carlos Drummond de Andrade que foram publicados no volume *Sentimento del mondo* (Turim Einaudi, 1987) e o romance *Zero*, de Ignácio de Loyola Brandão. Seus livros são normalmente traduzidos em diversos idiomas e, no Brasil, a Rocco já publicou os seguintes títulos: *Noturno indiano* (1991); *O anjo negro* (1994); *Afirma Pereira* (1995); *A mulher de Porto Pim* (1995); *A cabeça perdida de Damasceno Monteiro* (1998); *Sonhos de sonhos* (1998); *Os três últimos dias de Fernando Pessoa* (1999); *Requiem* (2001); *Os voláteis do beato Angélico* (2003) e *Tristano morre* (2007), seu mais recente livro. Recebeu os prêmios Meilleur Livre de l'Année 2004 e Méditerranée – Étranger 2005. Atualmente é considerado um dos escritores mais representativos da Europa e alguns de seus livros foram transplantados para as telas do cinema, tais como *Noturno indiano*, *Afirma Pereira*, *Réquiem* e *O fio do horizonte*.

AUGUSTO ROA BASTOS
Augusto Roa Bastos

> A adaptação de uma obra original é um dos caminhos mais trilhados da indústria cinematográfica. Qualquer produtor prefere arriscar dinheiro numa obra literária aceita do que numa idéia original. De qualquer maneira, penso que a adaptação só existe como ponto de partida, já que há várias modificações até chegar ao filme. Na verdade, eu acredito na idéia original do cinema, posta na imagem. Nesse sentido, Bresson é o diretor-modelo para mim. A adaptação é um gênero servidor de uma outra maneira... (Adaptação de *Filho de homem*)... aí comprovei minha ineficácia como roteirista. Eu gostava de filmar o filme no roteiro, coisa que não se pode fazer, pois se está dependendo da linguagem verbal, que tem muito pouco a ver com a visual. Eu gostava de descrever detalhes. Aí vinha Demare, o diretor, e me dizia: 'Não ponha tantas coisas, nós nos encarregamos'.

Fonte: OROZ, Sílvia. O Estado de São Paulo, 5 de abril de 1997.

AUGUSTO ROA BASTOS nasceu em 13 de junho de 1917, em Assunción, Paraguai. Jornalista e romancista, é considerado uma figura lendária na literatura latino-americana e o único escritor paraguaio de renome internacional. Em 1935 iniciou sua carreira no jornal *El País*, de Assunción, onde chegou a chefe de redação e correspondente em Londres, após a Segunda Guerra Mundial. Ao regressar, entrou em conflito aberto com a ditadura de Stroessner, teve sua casa invadida pela polícia política, passou a ser procurado "vivo ou morto", sendo obrigado a procurar abrigo na Embaixada do Brasil. Em seguida parte para um longo exílio, que durou mais de 50 anos, começando por Buenos Aires. Aí trabalhou até como garçom de hotel para manter a família, e conheceu os escritores argentinos. Em meados de 1955, junto com seu amigo Tomás Eloy Martinez, foi contratado como "ghost" das idéias de filmes classe C produzidos pela Columbia Pictures. Em 1977, com o recrudescimento da ditadura Argentina, parte para Paris e só retorna a Assunción em 1997, após a deposição de Stroessner. Não foi um escritor prolífico; escreveu poucos livros, porém consistentes. Em 1941 publicou sua primeira novela, *Fulgencio Miranda*, e foi premiado; o segundo livro, uma coletânea de contos, só viria em 1953: *El trueño entre las hojas*; o livro seguinte – *Hijo de hombre* –, publicado em 1960, consagrou-o como escritor destacado entre os latino-americanos. Em 1967 recebe um convite de Carlos Fuentes e Mario Vargas Llosa para escrever um capítulo de um livro que se chamaria *Los padres de la pátria*, que não chegou a se realizar. Mais tarde este capítulo se transformou em sua obra-prima *Eu o supremo* (Paz e Terra, 1974), livro que lhe valeu o Prêmio Cervantes 1989 e sob o qual gravita toda sua obra. O livro traça um retrato de José Gaspar Rodríguez de Francia, que governou o Paraguai com "mão-de-ferro" após a independência em 1811, numa evidente alegoria ao poderio exercido por Stroessner. Segundo a crítica Laura Janina Hosiasson, "em sua obra se misturam lendas da tradição oral guarani com leitura da Bíblia e de Shakespeare e, desde seus primeiros anos de vida, seu universo lingüístico e cultural aparece, ao mesmo tempo, mesclado e contrastado num íntimo diálogo entre esses dois universos culturais". Por volta do ano 2000, afirmou mais de uma vez que estava de mudança para morar no Rio de Janeiro e que considera a literatura brasileira a melhor da América Latina. Não obstante ser um vizinho ilustre e pouco conhecido dos brasileiros, teve seus principais livros traduzidos para o português – *Vigília do almirante*, (Mirabilia, 1992); *O fiscal* (Alfaguara, 1993) e *Contravida* (Ediouro, 1994) –, foi agraciado com uma premiação do Memorial da América Latina, em 1988, e teve uma exposição de toda sua obra neste mesmo recinto em 2004. Faleceu em 26 de abril de 2005.

Autran Dourado
Waldomiro Freitas Autran Dourado

> O que vem gerando certa confusão entre artes tão diferentes, do nascedouro à execução, é o fato de que têm sido levados ao cinema romances famosos. Não se *filma* um romance, é preciso que se diga. O que se faz no cinema é *passar* para o filme a *história de um romance*, que é apenas um de seus elementos, para alguns o menos importante deles. Aliás seria o certo dizer, por exemplo, Joaquim Pedro de Andrade *fez um filme inspirado no Macunaíma* e não *filmou o Macunaíma*. Filmar o *Macunaíma* seria absurdo, contrário à lógica e à inteligência. O *Macunaíma* que se vê na tela é o de Joaquim Pedro e nunca o de Mário. Embora o filme possa lembrar mais ou menos, conforme a intenção e capacidade do seu diretor, o romance em que ele se inspirou. Quanto mais hábil e complexo for o cineasta, melhor será o seu trabalho, mais se aproximará do modelo escolhido. Se o cineasta, além do parentesco espiritual com o escritor, tiver um conhecimento e habilidade artesanais na sua linguagem tão grandes como o escritor na dele, maior será a possibilidade de fazer uma obra que se compare ao romance que lhe serviu de tema. Daí porque, se o escritor domina melhor o seu instrumento do que o cineasta o dele, é difícil da união sair uma obra de qualidade. A recíproca é verdadeira até certo ponto, como se verá. Porque de um romance medíocre um cineasta pode tirar um bom filme. Acredito ser essa a razão pela qual romances geniais dão péssimos filmes, e histórias fracas, filmes geniais. Quanto mais pressa e dependente da linguagem estiver uma obra romanesca, mais difícil será a sua execução cinematográfica. A filmagem de

escritores como Guimarães Rosa e Clarice Lispector, por exemplo, é um ato temerário. Para nós, um tanto radicais em arte, o romance só é possível na sua forma e linguagem próprias, que se alcança através das palavras.

> Fonte: DOURADO, Autran. Uma poética de romance; matéria de carpintaria. Rio de Janeiro: Rocco, 2000, p. 112.

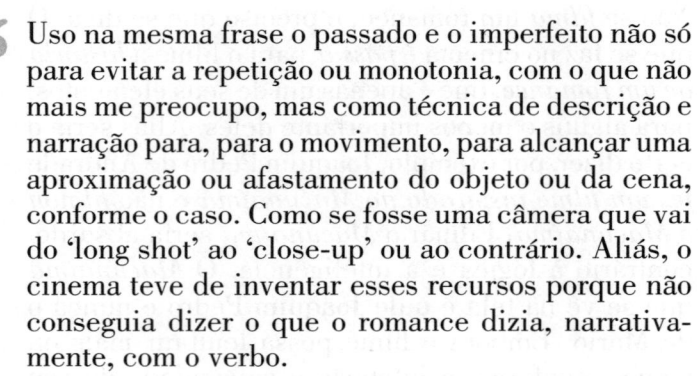

Uso na mesma frase o passado e o imperfeito não só para evitar a repetição ou monotonia, com o que não mais me preocupo, mas como técnica de descrição e narração para, para o movimento, para alcançar uma aproximação ou afastamento do objeto ou da cena, conforme o caso. Como se fosse uma câmera que vai do 'long shot' ao 'close-up' ou ao contrário. Aliás, o cinema teve de inventar esses recursos porque não conseguia dizer o que o romance dizia, narrativamente, com o verbo.

> Fonte: DOURADO, Autran. Uma poética de romance; matéria de carpintaria. Rio de Janeiro: Rocco, 2000, p. 36.

WALDOMIRO FREITAS AUTRAN DOURADO nasceu em Patos, Minas Gerais, em 1926. Advogado e um dos nossos romancistas de maior prestígio internacional teve, também, atuação política como jornalista e secretário de Imprensa do presidente Kubitschek, em 1954. Aos 16 anos ganhou um concurso de contos e aos 17 já tinha um livro de contos pronto. Seu primeiro livro – *Teia* – foi publicado em 1947. Ao longo desses anos, contabiliza quase 30 livros entre contos, ensaios, novelas e romances, muitos dos quais traduzidos para diversos idiomas. Autor premiado por várias vezes, foi contemplado em agosto de 2000 pelos governos brasileiro e português com o Prêmio Luíz de Camões. A comenda põe em relevo o autor de *A barca dos homens* (1961), *Os sinos da agonia* (1974) e *Ópera dos mortos* (1964), livro que o tornou conhecido e que foi incluído na Coleção de Obras Representativas da Literatura Universal da Unesco. Trata-se de um escritor "mineiro" por excelência, tanto nas obras – transformou o interior de seu estado em histórias fatalistas de estilo barroco – como em seus hábitos pessoais. "Não mineirice, que é uma caricatura distorcida de quem nasceu em Minas", sublinha. "Mineiridade sim que é a simpática tradição dos mineiros de ponderação e prudência." Outros destaques de sua obra são *O risco do bordado* (1970), *Ópera dos fantoches* (1995), *As imaginações pecaminosas* (Prêmio Goethe de Literatura, 1981), *A serviço del-rei* (1984) e *Confissões de Narciso* (1997), seu livro mais intimista. No final de 1999, a Editora Rocco decidiu reeditar a parte mais importante (17 livros) de sua obra, enquanto ele dava os últimos retoques em mais um livro: *Gaiola aberta: tempos de JK e Schmidt* (Rocco, 2000), uma revelação de memórias guardadas do tempo em que trabalhou com Juscelino. "Neste livro trato da relação do escritor com o poder e traço um retrato humano, demasiadamente humano, de JK". A obra de Autran Dourado se caracteriza, na opinião de Massaud Moisés, por sua "intrínseca mineiridade, isto é, por uma tendência introspectiva, em que os seres se debatem sem encontrar saída, enjaulados em atmosferas cinzentas, acossados pelo desentendimento, pela decadência e pelo estigma da morte". Seus lançamentos mais recentes são uma coletânea de contos: *Violetas e caracóis* (Rocco, 2005) e *Novelas de aprendizado* (Rocco, 2005).

BERNARDO ÉLIS
Bernardo Élis Fleury de Campos Curado

> Cinema e literatura são espécies completamente diferentes. Escrever é uma arte individual, solitária. Você tem de fechar-se quase entre quatro paredes e ali fazer a sua obra, sem consultar quase ninguém. Em outros países o editor ainda participa, criando ou sugerindo coisas, mas no Brasil, geralmente, o autor é o senhor absoluto do seu trabalho. O cinema, não: desde o início é uma arte coletiva, durante toda a produção o diretor está em contato com a equipe, com os atores, trocando idéias, discutindo, reclamando. O cineasta e o escritor vivem, assim, em universos totalmente diferentes. Outro aspecto interessante é que, no cinema, desde o primeiro instante, se pensa em dinheiro, em custos e ganhos. Eu somente passei a ter interesse pela parte econômica da minha produção literária de uns dez anos ou doze anos para cá. Até então, nunca pensei que os meus contos pudessem dar dinheiro.

Fonte: CAMINHA, Edmilson. Palavra de escritor.
Brasília: Thesaurus, 1995.

BERNARDO ÉLIS FLEURY DE CAMPOS CURADO nasceu em 15 de novembro de 1915, em Corumbá de Goiás. Advogado, professor, poeta e escritor proeminente da geração modernista de 1930. Seu pai, também poeta, Érico José Curado, era descendente direto de Inácio Dias Paes, casado com a segunda filha de Bartolomeu Bueno da Silva, que levou-o ao interior do Brasil em busca de ouro e acabou fundando o estado de Goiás. Assim, foi também um "Anhaguera". Em 1939 transfere-se para Goiânia, onde exerceu a função de secretário municipal e foi prefeito em duas ocasiões. A ambição literária levou-o a transferir-se para o Rio de Janeiro em 1942, mas não se deu bem com a cidade. Pegou um forte resfriado e "no terceiro dia, ainda tossindo e espirrando, fiz minha mala, peguei o trem ali na Pedro II e vim esbarrar em Goiânia, com o firme propósito de jamais pensar em cidade grande". Em 1944 lançou seu livro de contos *Ermos e gerais*, publicado pela Bolsa de Publicações de Goiânia, e arrancou aplausos do público e de toda a crítica nacional. Mário de Andrade escreveu-lhe numa carta: "São coisas de impregnante força, estas que você nos deu, quer as pequenas, quer as mais longas, quer as que pegam o sentido humorístico desses personagens que você observou tão bem. Você tem a qualidade principal pra quem se aplica à ficção". No mesmo ano casou-se com a poeta Violeta Metran; a vida literária se intensifica; no ano seguinte obtém o diploma de advogado, só para constar; participa do I Congresso de Escritores de São Paulo e de volta à Goiânia funda a Associação Brasileira de Escritores (1945). A partir daí ingressou no magistério, fundou e dirigiu o Centro de Estudos Brasileiros da Universidade Federal de Goiás e foi professor de Literatura na Universidade Católica de Goiás. Tais atividades se realizaram junto com uma produção regular de livros, dentre os quais destacam-se uma coletânea de poesias: *Primeira chuva* (1955) e *O tronco* (1956), um romance escrito numa linguagem muito próximo do homem da roça, que chegou a abalar as elites literárias de Goiás e, tal como Guimarães Rosa, abalou também a concepção de regionalismo. O livro foi transplantado para o cinema em 1999 pelas mãos de João Batista de Andrade e foi premiado nos festivais de cinema de Brasília e Natal (1999) e do Recife (2000). Na década de 1970 exerceu alguns cargos públicos na área cultural, reassumiu o cargo de professor universitário e, em 1975, ingressou na Academia Brasileira de Letras. Desempenhou ainda a função de diretor adjunto do Instituto Nacional do Livro, em Brasília, de 1978 a 1985 e no ano seguinte foi nomeado para o Conselho Federal de Cultura. Recebeu diversos prêmios literários: Prêmio José Lins do Rego e Prêmio Jabuti, da Câmara Brasileira do Livro, pelo livro de contos *Veranico de janeiro* (1966); Prêmio Afonso Arinos, da Academia Brasileira de Letras, pelo livro *Caminhos e descaminhos* (1965); Prêmio Sesquicentenário da Independência, pelo estudo *Marechal Xavier Curado, criador do Exército Nacional* (1972); Prêmio da Fundação Cultural de Brasília 1987, pelo conjunto da obra, e a medalha do Instituto de Artes e Cultura de Brasília. Faleceu em 30 de novembro de 1997.

BLAISE CENDRARS
Frédéric-Louis Sauser

> O cinema é a nova síntese do espírito humano operada pelo mundo moderno; é uma – nova humanidade de uma – raça de homens novos que vai aparecer e cuja linguagem será o cinema.

Fonte: CENDRARS, Blaise. L'abc du cinema.
Paris: Les Écrivains Reunis, 1926.

FRÉDÉRIC-LOUIS SAUSER nasceu em 1º de setembro de 1887, na Suíça. Poeta e romancista, passou a infância viajando pelo mundo com o pai em aventuras empresariais, nenhuma delas bem-sucedida. Aos 15 anos saiu de casa para trabalhar com um comerciante de jóias e voltou a viajar, agora pelo mundo oriental: Rússia, Pérsia (Irã) e China. Mais tarde essa viagem foi descrita no longo poema *Transsiberien* (1913). Em 1910, época em que viveu em Paris, foi influenciado profundamente por Apollinaire, líder da vanguarda artística e literária. Pouco depois, passou viver nos Estados Unidos e lá publicou seu primeiro poema longo, *Les pâques à New York* (1912). Gostava muito do Brasil e aqui esteve por diversas vezes, tornando-se uma espécie de divulgador de nossa cultura na França e amigo dos expoentes do Movimento Modernista de 1922. Tais viagens renderam o livro *Blaise Cendrars no Brasil e os modernistas,* publicado por Aracy A. Amaral em 1970, com reedição ampliada em 1997. Como romancista escreveu *Moravagine* (1926) e *Les confessions de Dan Yack* (1929) e diversas biografias romanceadas, como *L'or* (1924), baseada na vida do pioneiro norte-americano John August Sutter, e *Rhum* (1930), que trata da vida de Jean Galmont. No início da Segunda Guerra Mundial, atuou como correspondente de guerra ligado ao exército inglês, mas se retirou para Aix-en-Provence em 1940, quando a França foi ocupada. Ficou um tempo sem escrever para voltar mais tarde a publicar suas memórias e reflexões: *L'Homme foudroyé* (1945), *La Main coupée* (1946), *Bourlinger* (1948), *Le rotissement du ciel* (1949) e *Trop, c'est trop* (1957), seu último e mais importante trabalho. Em seguida, vieram a invalidez, causada por uma doença, e o falecimento em Paris, em 21 de janeiro de 1961.

CABRERA INFANTE
Guillermo Cabrera Infante

> O cinema é um fenômeno curioso. É superior à literatura. Não é um romance, mas narra como um romance. Não é uma coleção de pinturas e fotografias, mas contém também fotografias e pinturas. O cinema é a invenção do século 20.
>
> Fonte: MACHADO, Cassiano Elek. Folha de São Paulo, *19 de julho de 2003*.

> Minha mãe levou-me para ver uma obra cinematográfica (pois era uma obra, não um filme; ou seja, uma forma popular de arte) quando eu tinha 29 dias de idade. Desde então tenho visto filmes como uma forma de vida, de outras maneiras. Assisto muitos deles e às vezes apenas escrevo sobre eles. Algumas vezes apenas escrevo.
>
> Fonte: GRAIEB, Carlos. O Estado de São Paulo, *30 de março de 1995*.

GUILLERMO CABRERA INFANTE nasceu em 22 de abril de 1929, em Gibara, Cuba. Jornalista, crítico de cinema, roteirista e romancista. Iniciou ainda jovem como assistente na redação da revista *Bohemia* e em 1949 criou sua própria revista: *Nova Generación*. No ano seguinte ingressou na Escola de Jornalismo. Em 1952 é preso em decorrência da publicação de um artigo. Logo solto, adotou o pseudônimo "G.Caín" para continuar atacando a ditadura de Batista. Sempre ligado ao cinema, fundou a Cinemateca de Cuba, em 1951, e dirigiu a revista *Carteles* e o Conselho Nacional de Cultura. Participou ativamente da Revolução Cubana em 1960; esteve na comitiva de Fidel em visita ao Brasil, em 1959. Já nos primeiros anos da Revolução, começa a se desentender com a cúpula governista e é nomeado adido cultural de Cuba em Bruxelas a partir de 1962, onde ficou até 1965. Dá-se o rompimento com Fidel, abandona Cuba e passa a viver em Londres. Como cidadão britânico, passou a vida toda alimentando a esperança de ver a caída de Fidel e poder voltar a Cuba. "Esse poder total por 40 anos faz de seu regime, para mim, obsceno – o que certamente não é uma categoria política, senão moral", declarou em 1998. Segundo Nélida Piñón, sua amiga, ele "alimenta sua matriz e pautas narrativas com o fervor que devotou a Cuba... Forçado a abandonar a ilha na década de 1960, por opor-se ao regime castrista, retorna a ela através da memória e da profunda melancolia". Seu primeiro trabalho publicado – *Balada de plomo y yerro* (1952) – traduz os ideais políticos de um jovem envolvido num projeto revolucionário para derrubar o ditador Batista. O primeiro livro, *Asi en la paz como en la guerra* (1960), já saiu premiado; o segundo é um ensaio sobre o cinema: *Un oficio del siglo XX* (1963) e com o seguinte – *Três tristes tigres* (Global, 1967) –, projetou-se no cenário internacional. Segundo o crítico Antonio Gonçalves Filho, "é a desordem carnavalesca latina transfigurada num delírio semântico. O deslocamento sintático e a busca de novos significados guiam essa aventura que tenta traduzir para a literatura o ritmo da fala popular cubana". Em 1997 foi agraciado com o Prêmio Cervantes, o nobel ibero-americano. Exceto Cuba, onde ele não existe nem em dicionário, seus livros foram traduzidos para diversos idiomas, inclusive o português: *Havana para um infante defunto* (Cia. das Letras, 1979) *Delito por dançar o chá-chá-chá* (Ediouro, 1998), *Vista do amanhecer no trópico* (Cia. das Letras, 1988), *Mea Cuba* (Cia. das Letras), *Fumaça pura* (Bertrand Brasil, 2003), livro definido por ele mesmo como "uma crônica erudita, mas divertida, da relação entre o charuto e o cinema". Seu último livro publicado foi *La ninfa inconstante*. Faleceu em 21 de fevereiro de 2005.

CACÁ DIEGUES
Carlos Diegues

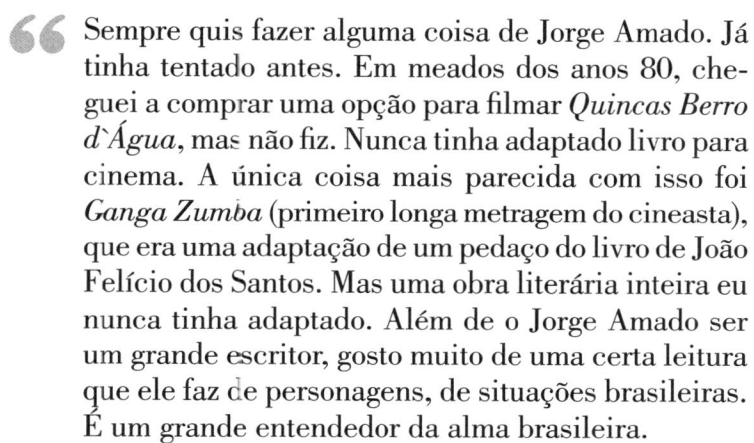

> Sempre quis fazer alguma coisa de Jorge Amado. Já tinha tentado antes. Em meados dos anos 80, cheguei a comprar uma opção para filmar *Quincas Berro d'Água*, mas não fiz. Nunca tinha adaptado livro para cinema. A única coisa mais parecida com isso foi *Ganga Zumba* (primeiro longa metragem do cineasta), que era uma adaptação de um pedaço do livro de João Felício dos Santos. Mas uma obra literária inteira eu nunca tinha adaptado. Além de o Jorge Amado ser um grande escritor, gosto muito de uma certa leitura que ele faz de personagens, de situações brasileiras. É um grande entendedor da alma brasileira.

Fonte: O Estado de São Paulo, *27 de abril de 1996.*

CARLOS DIEGUES nasceu em 19 de maio de 1940, em Maceió, Alagoas. Advogado, jornalista, cineasta e um dos criadores do Cinema Novo. Aos seis anos sua família muda-se para o Rio de Janeiro, onde passa a estudar no Colégio Santo Inácio, dirigido por jesuítas. Entra na PUC para fazer Direito e assume a presidência do Diretório Estudantil. Neste período funda um cineclube juntamente com seus amigos: David Neves, Arnaldo Jabor e Paulo Perdigão, entre outros. Ainda estudante, dirige o jornal *O Metropolitano*, órgão oficial da UME (União Metropolitana dos Estudantes) e junta-se ao CPC (Centro Popular de Cultura) da UNE (União Nacional dos Estudantes). Seu primeiro filme profissional, em 35mm, é *Escola de samba alegria de viver*, um dos episódios do longa-metragem *Cinco vezes favela*. Seus três primeiros longas-metragens – *Ganga-Zumba* (1964), *A grande cidade* (1966) e *Os herdeiros* (1969) – refletem um período de utopias para o cinema e para o Brasil, onde a ânsia de liberdade norteia a ação dos produtores culturais. Não conseguindo conviver com a ditadura militar, deixa o Brasil em 1969 e passa a viver na Europa em companhia da esposa, a cantora

Nara Leão. De volta ao Brasil, realiza mais dois filmes na fase negra da ditadura: *Quando o carnaval chegar* (1972) e *Joanna francesa* (1973). Em meados da década, dirige *Xica da Silva* (1976), um filme que se aproveita da abertura política para anunciar, em sua exuberância e otimismo, os últimos dias da ditadura política. Foi seu primeiro grande sucesso de bilheteria. Com o fim da ditadura e o surgimento de novos cineastas, o Cinema Novo perde a razão de ser, e a polêmica cultural ganha novos rumos e contornos. Neste turbilhão cultural, Cacá Diegues cria a expressão "patrulhas ideológicas" para designar aqueles que perseguiam as novas idéias em nome de velhas teorias. Nesse período de redemocratização, dirigiu *Chuvas de verão* (1978) e *Bye bye Brasil* (1980), dois de seus maiores sucessos. Seus filmes ganham prêmios e correm o mundo e em 1981 é convidado para integrar o júri do Festival de Cannes. Em 1984 dirige o épico *Quilombo*, uma produção internacional que o público brasileiro não acolheu como se esperava. Numa época em que o cinema brasileiro começa a entrar em crise, que se cristaliza no governo Collor, ele realiza dois filmes com poucos recursos: *Um trem para as estrelas* (1987) e *Dias melhores virão* (1989). Para se ter uma idéia da crise, basta lembrar que, em fins dos anos 1970, a produção anual era de cem filmes, enquanto no início dos anos 1990, a produção anual caiu para três ou quatro filmes. Para sobreviver e "para não ficar louco", como já disse, Cacá realiza em parceria com a TV Cultura, *Veja esta canção* (1994), marco fundador das relações entre cinema e TV no Brasil. Com a promulgação da Lei do Audiovisual, a produção cinematográfica é retomada e ele realiza *Tieta do agreste* (1996), *Orfeu* (1999) e *Deus é brasileiro* (2002). Estes filmes, adaptados de grandes obras da literatura e do teatro, figuram entre os filmes de maior sucesso nesta época. Em 2006, realizou *O maior amor do mundo*, com roteiro original escrito por ele mesmo, marcando o reencontro com alguns de seus colaboradores. Cacá Diegues é *Officier* da Ordem das Artes e das Letras, da França; Comendador da Ordem de Mérito Cultural; recebeu a Medalha da Ordem de Rio Branco; membro da Cinemateca Francesa e membro do Conselho Superior de Integração Social da Universidade Estácio de Sá, no Rio de Janeiro.

DEAN KOONTZ
Dean Ray Koontz

> Com uma ou outra exceção, (as adaptações de meus livros) foram trabalhos estúpidos. E estou sendo bondoso. Hollywood perdeu a capacidade de contar histórias. Ninguém quer assumir a responsabilidade de nada, as decisões são tomadas por comitês covardes e medíocres, 20 a 30 pessoas colocam suas idéias num filme. Não há ninguém a quem culpar por um fracasso. Isso tira a coerência da rama. Hollywood tem a espantosa capacidade de se superar na estupidez e na idiotice.

Fonte: SILVESTRE, Edney. O Globo, 27 de agosto de 1995.

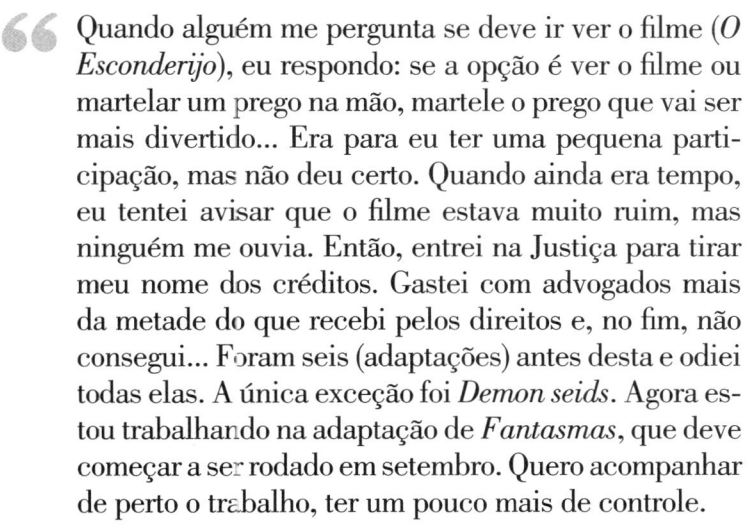

> Quando alguém me pergunta se deve ir ver o filme (*O Esconderijo*), eu respondo: se a opção é ver o filme ou martelar um prego na mão, martele o prego que vai ser mais divertido... Era para eu ter uma pequena participação, mas não deu certo. Quando ainda era tempo, eu tentei avisar que o filme estava muito ruim, mas ninguém me ouvia. Então, entrei na Justiça para tirar meu nome dos créditos. Gastei com advogados mais da metade do que recebi pelos direitos e, no fim, não consegui... Foram seis (adaptações) antes desta e odiei todas elas. A única exceção foi *Demon seids*. Agora estou trabalhando na adaptação de *Fantasmas*, que deve começar a ser rodado em setembro. Quero acompanhar de perto o trabalho, ter um pouco mais de controle.

Fonte: BASTOS JUNIOR, Gabriel. O Estado de São Paulo, *19 de junho de 1995.*

DEAN RAY KOONTZ nasceu em 9 de julho de 1945, na Pensilvânia, EUA. É um dos autores de suspense de maior sucesso no seu país e nos inúmeros países onde os seus livros foram e continuam a ser traduzidos. Mas, como é avesso à publicidade e ao mundo das celebridades, é o menos conhecido dos *best-sellers* norte-americanos. Já encabeçou a lista do *The New York Times* com mais de 10 de seus romances. Ainda jovem, ganhou um concurso literário promovido pela revista *Atlantic Monthly* e não parou mais de escrever. Seus livros já foram publicados em 38 idiomas, com mais de 200 milhões de exemplares vendidos, numa taxa de crescimento anual de 17 milhões. De origem pobre, teve uma infância problemática sob a tirania de um pai alcoólatra, foi obrigado a trabalhar em diversos serviços. A partir de 1967 foi dar aulas de inglês numa escola secundária ao mesmo tempo em que escrevia muito à noite e nos fins de semana. Era bastante motivado para a escrita, mas a necessidade de trabalhar noutro serviço, dificultava uma produção regular e de qualidade. Sua mulher, então, propôs: "vou sustentá-lo por cinco anos; se neste tempo você não se tornar um escritor, nunca mais se tornará". Ao fim do período, ela pediu demissão de seu emprego e passou a administrar a carreira de escritor do marido. Seu primeiro livro – *Star quest* – saiu em 1968, mas o livro que o projetou no mercado editorial – *Whispers* – só viria a ser publicado em 1980. Segundo o crítico João Moura Jr., o autor "tem as mesmas doses de escatologia de Stephen King, mas ganha em pieguismo". Até agora são mais de 80 títulos, com umas 15 adaptações cinematográficas, que ele, normalmente, detesta. No Brasil, a Nova Fronteira e a Record têm traduzido alguns deles: *Esconderijo; Os caminhos escuros do coração* (1997); *A casa do mal,*; *O guardião*; *Velocidade* (Nova Fronteira, 2000); *Do fundo do seus olhos* (2002); *Lágrimas do dragão* (2003) e *Tensão no gelo*. Seu próximo lançamento, previsto para novembro de 2007, é *The darkest evening of the year*.

ÉRICO VERÍSSIMO
Érico Lopes Veríssimo

> Uma companhia argentina filmou *Olhai os lírios do campo* em 1946. *O Retrato* foi também transformado num filme, com gente de São Paulo. Nos Estados Unidos, *Noite* foi 'deformado' num *teleplay*, com Jason Robbards, Franchot Tone e E.G. Marshall. Medonho! Todos os anos recebo propostas de cineastas que querem filmar *O continente*. Fica tudo em vagas conversas. Sou péssimo homem de negócios. Detesto discutir contratos e quando discuto saio perdendo.... Vi trechos da novela que uma estação de TV fez baseado em *O continente*. Apenas trechos. Gostei de alguma coisa. Detestei outras. Estou ainda para ver o filme baseado em *Um certo Capitão Rodrigo*. Ainda não nos encontramos, o filme e eu. O autor tem muito medo dessas versões. Assim como cada leitor vê os personagens de meus livros com uma determinada cara e 'clima', o mesmo acontece com os diretores. E há sempre conflitos, divergências. Mas um dia hei de ver o *Capitão Rodrigo*.

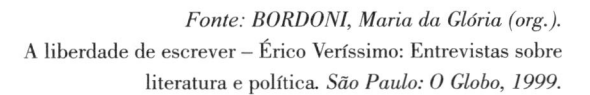

Fonte: BORDONI, Maria da Glória (org.).
A liberdade de escrever – Érico Veríssimo: Entrevistas sobre literatura e política. *São Paulo: O Globo, 1999.*

ÉRICO LOPES VERÍSSIMO nasceu em 17 de dezembro de 1905, em Cruz Alta, Rio Grande do Sul. Foi, na sua época (e depois de Jorge Amado), o escritor mais traduzido no exterior. Considerava-se apenas um contador de histórias, como aliás foi durante algum tempo na Rádio Farroupilha, narrando histórias infantis no programa *Clube dos três porquinhos*. O romance *O tempo e o vento* é considerado um dos clássicos da literatura brasileira. Foi premiado diversas vezes: recebeu o Prêmio Machado de Assis, da Academia Brasileira de Letras, em

1954, e Juca Pato, da Câmara Brasileira do Livro, em 1968. Sua última obra, *Solo de clarineta,* livro de memórias que deveria conter três volumes, permaneceu incompleta com apenas dois. De sua obra, podem-se citar *Olhai os lírios do campo* (1938), o primeiro grande sucesso; *O senhor embaixador* (1965), em que o autor se desloca dos pampas para o cenário internacional, e *Incidente em Antares* (1971), no qual retoma a interpretação da realidade política brasileira numa linguagem crítica e bem-humorada sobre as restrições ao livre pensamento e ideais democráticos na época mais severa da ditadura militar que governava o país. O autor é relembrado constantemente como um dos grandes da literatura brasileira. Em 1999 foi editado um ensaio sobre Veríssimo, com comentários e uma coletânea de suas entrevistas: A *liberdade de escrever.* Faleceu em 1975.

FERNANDO MONTEIRO
Fernando Monteiro

> O cinema permeou a cultura do século 20. Foi a sua grande expressão – e agora podemos ver, perceber o que a tela fez pelo olho, pela percepção e até pelo ouvido. Mas, isso vem sendo pouco refletido no 'nervo' da literatura. Posso dizer que, quanto a isso, considero a minha ficção penetrada (por dentro) pela narrativa cinematográfica – aproximação essa que coincide até mesmo com as *Seis propostas para o próximo milênio*, de Ítalo Calvino.

Fonte: PEN, Marcelo. O Estado de São Paulo, 27 de agosto de 2000.

FERNANDO MONTEIRO nasceu em Recife, Pernambuco, em 1949. Escritor, poeta, cineasta, dramaturgo e crítico de arte. Diplomado em Sociologia, estudou Comunicação em Roma e estreou na ficção, em 1997, com o livro *Aspades, Ets etc.*, em Portugal. O livro foi recusado por quatro editoras brasileiras e só foi aceito após a "descoberta" pela crítica lusitana, pela qual foi saudado com entusiasmo. Com este reconhecimento obtido no exterior, abriram-se as portas e os olhos dos editores nacionais para seu segundo romance *A cabeça no fundo do entulho* (Record, 1999), premiado pela revista *Bravo!* no mesmo ano. Mas não é devido a isto que ele se considera um ET na literatura brasileira. É que suas histórias se distanciam dos regionalismos nordestinos e dos armoriais pernambucanos. "Me considero marginal, lateral, fora da série numerada da literatura tupiniquim e do álbum de figurinhas brasileiras com os lugares marcados na memória oficial", declarou. De acordo com José Castello, seu romance "trata de invisibilidades e de embustes... A leitura de O *Grau Graumann* (Globo, 2000) funciona como se Monteiro pegasse uma farda lustrosa e pontuada de comendas para, pondo-a ao avesso, exibir tudo aquilo que nela não temos o costume de ver... Para sugerir que, muitas vezes, e apesar dos escritores, e não graças a eles, a literatura se mantém viva." Sua peça *O rei póstumo* foi distinguida com o

Prêmio Othon Bastos Bezerra de Melo, da Academia Pernambucana de Letras, em 1975. Como cineasta, realizou documentários e filmes de curta-metragem, alguns indicados oficialmente para representar o Brasil em festivais no México, Alemanha e Polônia. Outros livros: *Econométrica* (1984); *A múmia de rosto dourado do Rio de Janeiro* (Globo, 2001); *As Confissões de Lúcio* (2006); *Armada América* (2003); *Brennand* (1986). É colunista do jornal literário *Rascunho* e colabora com a revista *Continente Multicultural*.

FREDERICK FORSYTH
Frederick Forsyth

> Foram realizados quatro filmes (de meus livros). Acho que *O dia do Chacal* é o melhor, porque a atuação dos artistas foi muito boa, e a direção também. Não sei dizer qual foi o pior. Os outros três não foram tão bem-sucedidos quanto *O dia do Chacal*, em parte porque os diretores optaram por modificar a história, enquanto Zimmerman se manteve fiel ao romance. Em todo caso, muito raramente fazem um filme tão bom quanto o livro que lhe deu origem. Uma exceção é *O silêncio dos inocentes*.

Fonte: STYCER, Daniel. O Globo, 30 de agosto de 1992.

FREDERICK FORSYTH nasceu em agosto de 1938, na Inglaterra. Jornalista e romancista, é um dos melhores autores de *best-sellers* do mundo. Já vendeu mais de 60 milhões de livros em 30 idiomas. Trabalhou como repórter e foi correspondente em diversos países. Teve a idéia de escrever um livro em que poria à prova os métodos de investigação de sua atividade como repórter. Escolheu como tema as tentativas de assassinato do presidente De Gaulle, presenciadas por ele em 1962. Daí surgiu *O dia do Chacal* (1972). Em seguida, publicou *O dossiê Odessa* (1972) e *Cães de guerra* (1974), todos bem-sucedidos também no cinema. Passou dois anos na África como *freelancer*, escrevendo sobre a guerra, que resultou em *A história de Biafra* (1977), um de seus livros fora da estante de espionagem. Outros livros: *A alternativa do diabo* (1979), *O quarto protocolo* (1984), *O negociador* (1989), *O mergulhador* (1991), *O punho de Deus* (1994), *Ícone* (1996) e *O fantasma de Manhattan* (1999). Já se disse que a mistura de jornalismo com romance em seus livros serve como um verdadeiro manual para quem estiver interessado em se meter no mundo da espionagem. Seu lançamento mais recente é *O afegão* (Record, 2007), uma história em que os serviços de inteligência inglês e norte-americano recebem uma informação bombástica: um atentado terrorista da Al-Qaeda é iminente.

GABRIEL GARCÍA MÁRQUEZ
Gabriel José de la Concordia García Márquez

> Minha agente fixou o preço em um milhão de dólares para desencorajar ofertas (de filmar *Cem anos de solidão*), e como foram-se aproximando disso, ela elevou o preço para algo em torno de três milhões. Mas não tenho qualquer interesse em um filme e, enquanto puder, vou evitar que isso aconteça. Prefiro que a coisa permaneça como uma relação particular entre o leitor e o livro... Não consigo pensar em nenhum filme que tenha melhorado um bom romance, mas sei de muitos bons filmes que saíram de romances muito ruins... Houve uma ocasião em que queria ser diretor de cinema. Estudei direção em Roma. Sentia que o cinema era um meio de comunicação que não tinha limitações, no qual tudo era possível. Vim para o México porque queria trabalhar em cinema, não como diretor, mas como escritor de roteiros. Mas há uma grande limitação no cinema, pelo fato de que ele é uma arte industrial, uma completa indústria. É muito difícil expressar no cinema o que você realmente quer dizer. Ainda penso nisso, mas agora me parece algo como uma extravagância que gostaria de fazer com amigos, sem qualquer esperança de realmente expressar a mim mesmo. Então me afastei cada vez mais do cinema. Minha relação com ele é como a de um casal que não pode viver separado mas que também não consegue viver junto. Mas entre ter uma companhia cinematográfica e um jornal, eu escolheria o jornal.

Fonte: Os Escritores 2 – as histórica entrevistas da Paris Review. São Paulo: Companhia das Letras, 1989.

GABRIEL JOSÉ DE LA CONCORDIA GARCÍA MÁRQUEZ nasceu em 1928, em Aracataca, Colômbia. Jornalista e romancista dos mais brilhantes da América Latina e de importância fundamental dentro do chamado realismo fantástico. Passou 20 anos inventando "Macondo" (uma cidade qualquer da Colômbia), e 18 meses para escrever a história que deu a volta ao mundo: *Cem anos de solidão* (1967), que o projeta no cenário internacional. Em 1969, recebeu o prêmio de melhor livro estrangeiro da Académie Française; em 1982 foi contemplado com o Prêmio Nobel de Literatura. Começou escrevendo à noite, na redação do jornal *El Heraldo*, depois do expediente, e não parou mais. Ainda exerce, de um modo ou de outro, o jornalismo. *Relato de um náufrago* (1970) é uma bela reportagem; *Notícia de um seqüestro* (1996) é um retorno declarado ao jornalismo; além da coletânea *Textos costeños* (1981) e *El olor de la guyaba* (1986), livro de entrevistas. Para arrematar, criou a Fundação para o Novo Jornalismo Latino-Americano. Gabo, como é conhecido pelos amigos, persegue uma "investigação ficcional da solidão e sua relação com o poder". Essa é temática de *Cem anos de solidão*, de *O outono do patriarca* (1975), e d'*O general em seu labirinto* (1989). Sua obra é traduzida para mais de 20 idiomas e há muitas reedições, como *Crônica de uma morte anunciada* (1981) e *O amor nos tempos do cólera* (1985). Segundo ele mesmo, seu último, maior e, talvez, melhor livro é sua autobiografia, uma obra em seis volumes, de umas 400 páginas cada, intitulada *Viver para contar* (2002). Seu lançamento mais recente é *Memórias de minhas putas tristes* (2004). O escritor vive na Cidade do México, num bairro chamado San Angel Inn, numa casa de esquina na Rua do Fogo com a Rua da Água. Recentemente foi lançado o livro de entrevistas *Conversations with Gabriel Garcia Márquez* (University Press of Mississippi, 2006).

GEORGES SIMENON
Georges Joseph Chistian Simenon

> As adaptações cinematográficas são muito importantes para o escritor, hoje em dia. Pois são, provavelmente, a maneira pela qual o escritor ainda pode ser independente. O senhor perguntou-me se eu jamais mudo alguma coisa em minhas novelas, comercialmente respondi: 'Não. Mas teria de fazê-lo, se se tratasse de rádio, televisão ou cinema'.
>
> Fonte: COWLEY, Malcolm. Escritores em ação.
Rio de Janeiro: Paz e Terra. 1968.

GEORGES JOSEPH CHISTIAN SIMENON nasceu em 12 de fevereiro de 1903, em Liège, Bélgica. Romancista prolífico, escreveu quase 400 romances e umas 200 novelas, além de contos, reportagens e artigos utilizando ora seu nome, ora seus 27 pseudônimos. É o autor belga e o quarto autor de língua francesa mais traduzido em todo o mundo. Segundo André Gide, "talvez o maior romancista da França". Aos 17 anos começa como repórter no jornal *La Gazette de Liège*, interessa-se pelos inquéritos policiais e assiste a conferências sobre polícia científica. No mesmo ano (1920), escreveu sua primeira novela – *Au point des arches* – em dez dias. Sempre escreveu muito rápido, iniciando com novelas comerciais, uma delas em apenas um dia, com a intenção de adestrar-se para obras mais sérias. Logo depois, passa a viver em Paris e, sob a encomenda de Joseph Kessel, começa a escrever novelas para a coleção "Detective". Aí surge seu famoso personagem "Comissário Maigret", que lhe acompanhará pelo resto da vida e sobre o qual escreveu 78 novelas e 28 contos. Em seguida passou a escrever novela psicológica tensa, conhecida pelos milhares de leitores europeus como uma *simenon*, das quais escreveu mais de 80. Posteriormente passou a escrever romances mais sérios, intercalados com um Maigret pouco freqüente. Seus livros, vertidos amplamente para outros idiomas, são também usados pelo cinema e pela televisão em adaptações que ele não supervisiona e em peças teatrais que ele não assiste. Fez diversas viagens pelo interior da França no barco Ostrogoth, o qual mandou construir e no qual viveu por dois anos; aperfeiçou seu gosto pela navegação, viajou pela África, Europa, Rússia e Turquia e, depois de um longo cruzeiro pelo Mediterrâneo, realizou uma volta ao mundo entre 1934 e 1935. Nessas viagens não parou de escrever, fotografar e conhecer mulheres. Ele mesmo contabiliza ter transado com 10 mil mulheres, das quais 8 mil eram prostitutas. Tal proeza tem sido confirmada pelos seus biógrafos. No entanto, Fenton Bresler, em *The mistery of Georges Simenon, a Biography* (Beaufort Books, N.Y.), afirma que Simenon tinha uma imaginação hiperativa e que existe até um estudo sobre a sua personalidade, publicado em jornal médico, no qual uma equipe de psiquiatras suíços o declara um "fantasista, uma pessoa incapaz de distinguir verdades de mentiras". Após a Segunda Guerra Mundial, transfere-se para os EUA, onde vive por 10 anos descobrindo, milha a milha, os bares, motéis, estradas e "as grandes paisagens norte-americanas para saciar sua curiosidade e apetite de viver". Tem uma preocupação excessiva em não escrever "literário demais". Seu trabalho de revisão consiste em cortar adjetivos, advérbios e "todas as palavras que estão lá apenas para causar efeito, sentenças que lá se encontram apenas como sentenças". Em 1952 foi nomeado para academia belga e, em 1955, retornou à Europa e passou por um movimentado período na Cote d'Azur como um *habitué* do "jet-set" local. Pouco tempo depois, instala-se em Lausanne, na Suíça, onde manda construir uma grande mansão, que passa a ser freqüentada pelos cineastas e intelectuais franceses. Em 1972 pára de escrever romances e inicia um longo período de autoconhecimento, escrevendo sua longa autobiografia composta por 21 volumes ditada num pequeno gravador. Faleceu em 4 de setembro de 1989.

GLAUBER ROCHA
Glauber de Andrade Rocha

> Eu pretendo, lenta e gradualmente, passar a ser mais romancista e menos cineasta. Não quero mais filmar tanto, porque acho que meus livros acabarão sendo filmados por mim ou por outra pessoa. Mas, principalmente, eu penso que num país como o Brasil, que vive numa grande miséria cultural, com uma censura forte e sob limitações terríveis, o criador tem que adotar a forma de criatividade mais individual e mais barata. E o romance custa só você, o lápis e o papel, embora demande muito tempo e trabalho. Cinema é uma atividade muito mais superficial do que a literatura. Eu, por exemplo, faço filmes desde os 20 anos e só agora, com 39 anos, é que ousei escrever um romance (*Riverão sussuarana*). Digo, com base, que fazer cinema é mais fácil.

Fonte: Jornal do Brasil, *30 de maio de 1994.*

GLAUBER DE ANDRADE ROCHA nasceu na Bahia, em 14 de março de 1939. Revolucionou o cinema brasileiro com seus filmes premiados no exterior e se tornou o mais conhecido cineasta brasileiro em âmbito internacional. É conhecido como o "papa" do Cinema Novo. Escreveu um romance – *Riverão sussuarana* (1978) – e diversos artigos em jornais e revistas especializadas. Aos 22 anos, recebeu um prêmio especial em Cannes com o filme *Deus e o diabo na terra do sol*, *O dragão da maldade contra o santo guerreiro*, *Terra em transe* e *A idade da Terra* são outros de seus filmes mais conhecidos. Devido à fama de sua obra e à virulência de sua personalidade, algumas pessoas diziam que era a reencarnação de Castro Alves. Realizou o primeiro curta-metragem da Bahia – *Pátio* – em 1959. Três anos depois realizou seu primeiro longa-metragem: *Barravento*. Toda sua obra está reunida no Tempo Glauber, espaço cultural localizado no Rio de Janeiro e administrado por sua mãe, Dona Lúcia Rocha, e a filha, Paloma Rocha. Faleceu em 22 de agosto de 1981.

GIORGIO BASSANI
Giorgio Bassani

> Não gostei (da versão cinematográfica de *O jardim dos Finzi Contini*, feita por Vitorio De Sica). Não respeitou o suficiente meu livro, além de uma enorme frieza, uma coisa aborrecida. Exceto os últimos dez minutos em que De Sica se lembrou que era napolitano e, talvez, também dos napolitanos que haviam acabado em campos de concentração ou que foram forçados a emigrar de sua terra a outros continentes. Essa parte final foi comovedora, ainda que tampouco tenha muito a ver com meu romance.

Fonte: BECCACECE, Hugo. La pereza del príncipe: mitos, héroes y escândalos del siglo XX. Buenos Aires: Editorial Sudamericana, *1994.*

GIORGIO BASSANI nasceu em 4 de março de 1916, em Bolonha, Itália. Romancista e poeta. Conhecido fora de seu país pela adaptação que Vittorio De Sica fez de seu romance *O jardim dos Finzi Contini* (1962), da qual ele não gostou. Filho da burguesia judaica italiana, suas obras fazem uma análise lírica e amarga deste segmento social na segunda metade do século passado. Seu primeiro livro – *Cittá in pianura* (1940) – foi publicado com o pseudônimo de Giacomo Marchi para se esquivar das leis raciais impostas por Mussolini. A partir daí transforma-se em ativista político; é preso por pouco tempo; passa a viver em Florência e, depois, em Roma, onde trabalha como redator da revista literária *Botteghe Oscure*. Em 1944 publica o livro de poesias *Storie del poveri amanti e altri versi*, seguido por outros. Em 1954 passa a redator da revista *Paragoni* e dois anos depois recebe o Prêmio Strega com o livro *Cinque storie ferraresi*. Torna-se alto executivo como vice-presidente da RAI (Radio e Televisão Italiana); professor universitário e diretor da editora Feltrinelli. Seu êxito editorial veio com *O jardim dos Finzi Contini*, que lhe valeu o Prêmio Viareggio. Posteriormente publicou *L'airone Airone* (1968), com o qual ganhou o Prêmio

Campiello; *L'odore del fieno* (1972); *Epitaffio* (1974); *In gran segreto* (1978) e um livro de ensaios *Di là dal cuore*. Tem seu nome estampado numa biblioteca municipal e numa fundação na cidade de Ferrara, onde foi reconstituído o estúdio do escritor que veio a falecer em 13 de abril de 2000.

GORE VIDAL
Eugene Luther Gore Vidal

> Todo escritor de minha geração foi influenciado pelo cinema. Acho que escrevi isso em algum lugar. Descubra que filmes um homem viu entre os dez ou quinze anos, quais ele gostou ou não, e terá uma boa idéia do seu tipo de mente e de temperamento. Se por acaso ele for escritor, mostrará uma porção de influências, embora talvez não tantas quantas o Professor B.F. Dick nos aponta em seu recente estudo sobre mim – um trabalho brilhante, no geral... Adoro filmes, e penso um bocado sobre cinema. Recentemente pensei que gostaria de dirigir. Mais recentemente, cheguei a conclusão de que é muito tarde. Sou como os Walter Lippmann. Vi-os alguns anos atrás. Estavam eufóricos. Por quê 'Porque' disse ela, 'decidimos que nunca iremos ao japão'. Que alívio!

Fonte: Os Escritores – as históricas entrevistas da Paris Review. *São Paulo: Companhia das Letras, 1988.*

EUGENE LUTHER GORE VIDAL nasceu em 3 de outubro de 1925, em Nova York, numa daquelas famílias de onde surgem presidentes. Seu avô materno, Thomas Gore, foi senador; seu pai, Eugene Luther Vidal, foi uma espécie de ministro da Aviação de Franklin Roosevelt; seu primo, Al Gore, foi senador e vice-presidente; e ele mesmo já foi candidato a deputado por Nova York nos anos 1960 e senador pela Califórnia em 1982. Tais derrotas vieram favorecer a literatura norte-americana. Já escreveu 29 romances, uma coletânea de contos, seis peças de teatro, diversos ensaios e 24 roteiros de filmes e séries para cinema e TV. O primeiro romance, *Williawaw* (1946), e o segundo, *In a yellow wood* (1947), anunciaram o surgimento de um grande escritor. O terceiro, *The city and the pillar* (1948), não foi bem recebido, talvez devido ao tratamento dado à homossexualidade, algo muito ousado na época. Os romances seguintes continuaram não sendo bem recebidos, o que fez o autor se voltar para o teatro, para roteiros de filmes e para a TV: *Visit to a sall planet* (1955), *Ben Hur* (1959), *The best man* (1960). Após dez anos sem publicar romance, lançou *Juliano*, em 1964, e estabeleceu uma carreira de sucessos: *Washington D.C.* (1967), *Myra Breckinridge* (1968), *Two sisters* (1970), *1876* (1976), *Kalki* (1978), *Creation* (1981), *Império* (1987). Crítico feroz do *establishment* e opositor vigoroso da "guerra contra o terror", escreveu em 2002 *Perpetual war for perpetual peace*, uma crítica à prepotência do governo estadunidense. Em 2003 publicou mais um livro, no qual os EUA são o tema central: *Inventing a nation*. Em visita ao Brasil (1987), foi ciceroneado por Diogo Mainardi, deu algumas entrevistas e expôs seu ponto de vista sobre seu país: "Nós somos uma nação muito sectária, bêbada de religião, totalmente reacionária, que odeia quaisquer novas formas de ver as coisas". Ao longo desses anos, tem se mostrado apurado observador político, social e literário. Há mais de 30 anos vive em Nápoles, na Itália.

GRAHAM GREENE
Henry Graham Greene

> Detesto todos os filmes extraídos de meus livros. Salvo aqueles para que eu próprio escrevi o argumento: *O terceiro homem* e *O ídolo caído*. Viu *Um americano tranqüilo*? Era espantoso. O americano estava completamente certo e o inglês completamente errado. O americano é a encarnação da sabedoria e do heroísmo. Terrível!
>
> Fonte: CHAPSAL, Madeleine. Os escritores e a literatura. Lisboa: Dom Quixote, 1967.

> Só gosto dos filmes que eu mesmo fiz ou ajudei a fazer. Trabalhei com Ralph Richardson na adaptação cinematográfica de *O ídolo caído* e escrevi *O terceiro homem*, já para o cinema. O livro recebeu um tratamento cinematográfico, e depois escrevi o roteiro.
>
> Fonte: REZENDE, Marco Antônio de. Veja, 31 de março de 1982.

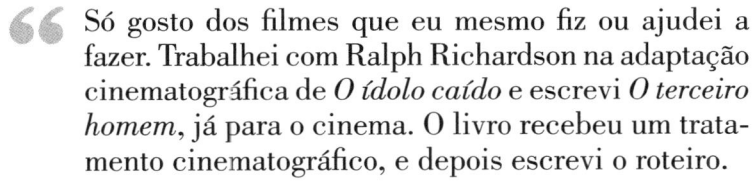

HENRY GRAHAM GREENE nasceu na Inglaterra, em 1904, mas viveu boa parte de sua vida na Côte d'Azur, na França. Como jornalista, viajou pelo mundo (foi correspondente de guerra) e chegou ao cargo de secretário de redação do jornal inglês *The Times* entre 1926-1929. Já foi chamado de pessimista, tentou o suicídio algumas vezes, e o filósofo Gabriel Marcel escreveu que ele "era existencialista porque havia reduzido a esperança a sua menor proporção". Vários de seus livros foram levados às telas do cinema; escreveu diversos roteiros e foi crítico de cinema do jornal *Spetacle*. A crítica literária criou o termo "Greenelândia", para designar o ambiente exótico e hostil em que se debatem muitos de seus personagens. Escreveu clássicos publicados em todo o mundo: *O poder e a glória*, *O fator humano* (1978), *O cônsul honorário*, *Monsieur Quixote* (1982), *O americano tranqüilo*, *Nosso homem em Havana*, *O décimo homem* etc. Em 2004, saiu o terceiro volume de sua monumental biografia de 2.251 páginas escrita por Norman Sherry e publicada pela Editora Viking. Faleceu em 1991.

GUILLERMO ARRIAGA
Guillermo Arriaga Jordán

> Eu considero que tudo que escrevo é literatura. Em um roteiro, tenho o mesmo cuidado na linguagem, na construção que num romance. Acredito que tudo o que escrevo é uma questão literária, mesmo minhas obsessões que inspiram os roteiros de filmes... Roteiro cinematográfico é um gênero mais que literário. Considero um trabalho autoral. Não desenvolvo idéias alheias nem faço pesquisas. Quem lê meus romances pode perfeitamente entender o que pretendo com *Amores brutos*, *21 gramas*, *Babel* e *Três enterros*... Não (escrever roteiros não alterou minha relação com a literatura), ao contrário, foi a literatura que alterou minha relação com o cinema. Eu sempre busco, nos roteiros, uma qualidade literária. Ou seja, utilizo critérios similares de estilo literário, como cuidar da linguagem e da construção de uma estrutura narrativa. Se você analisar tudo que escrevi para o cinema, perceberá a existência de uma construção de romance. Mas adianto que não emprego a gramática do cinema em romances e contos.

Fonte: BRASIL, Ubiratan. O Estado de São Paulo, *27 de maio de 2007.*

GUILLERMO ARRIAGA JORDÁN nasceu em 1958, na Cidade do México. Escritor, roteirista e documentarista de sua cidade natal. Passou a infância num bairro violento, onde perdeu o sentido do olfato, conseqüência de uma violenta briga de rua. A vivência nas ruas serviu-lhe como inspiração para alguns de seus filmes. *Amores perros* (2000) é uma enérgica visão da parte obscura da vida mexicana que impressionou o mundo. Foi indicado ao Oscar; recebeu o Prêmio BAFTA (British Academy of Film and Televison Arts) e o Young Critics Award do Festival de Cannes. Com o êxito do filme, a companhia norte-americana Universal/Focus convida-o, junto com o diretor Alejandro González Iñarritu, para realizar *21 gramas* (2004), um sucesso internacional protagonizado por Benicio del Toro, Naomi Watts e Sean Penn. Em 2005, foi premiado no Festival de Cannes como melhor diretor com o filme *Os três enterros de Melquiades Estrada*. Em 2006, sempre em companhia de seu amigo Iñarritu, realizou *Babel*, estrelado por Brad Pitt e Gael Garcia Bernal, sendo cadidato a seis estatuetas do Oscar em 2007. Levou o prêmio de melhor trilha sonora. Sua obra literária é composta de romances e contos: *Esquadron guillotina* (1991); *Un dulce olor a muerte* (1994); *El búfalo de la noche* (1999) e *Retorno 201* (2005). Em julho de 2007 esteve no Brasil, participando da V FLIP – Festa Literária Internacional de Paraty.

HAROLD ROBBINS
Harold Rubin

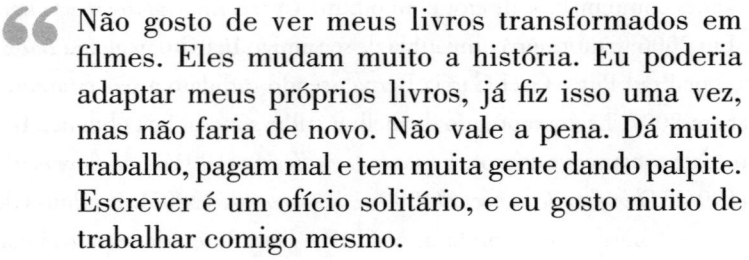

> Não gosto de ver meus livros transformados em filmes. Eles mudam muito a história. Eu poderia adaptar meus próprios livros, já fiz isso uma vez, mas não faria de novo. Não vale a pena. Dá muito trabalho, pagam mal e tem muita gente dando palpite. Escrever é um ofício solitário, e eu gosto muito de trabalhar comigo mesmo.
>
> Fonte: BAHIANA, Ana Maria. O Globo, 21 de junho de 1992.

HAROLD RUBIN nasceu em 21 de maio de 1916, em Nova York, EUA. Escritor e um dos maiores *best-sellers* do mundo. Sua vida atribulada poderia muito bem servir como enredo de seus livros, o que ele fez anos mais tarde. Abandonado pelos pais ao nascer, foi criado num orfanato até os 11 anos. Adotado por uma família judaica, fugiu de casa aos 15, falsificou a idade e se alistou na Marinha. Em seguida, passou a trabalhar como serviçal em diversos empregos, inclusive numa gangue de Nova York. Aos 20 anos passou a vender açúcar para o comércio atacadista e ficou rico; tornou-se milionário especulando ações na Bolsa. No início da Segunda Guerra Mundial, perdeu toda a fortuna e se mudou para Hollywood, onde encontrou trabalho nos estúdios da Universal. Começando como balconista de remessa, logo se tornou um executivo e escreveu seu primeiro romance tendo como base sua própria vida. O livro – *Nunca amarás um estranho* (1948) – é um dramalhão que o editor Pat Knopf aceitou porque "em qualquer página você teria lágrimas e na próxima você teria um espanto". Via-se que o rapaz tinha talento para se tornar um *best-seller*. No livro seguinte, *Os comerciantes do sonho* (1949), ele repetiu a fórmula: misturou suas experiências de vida, fatos históricos, muito melodrama, sexo e ação envoltos numa história rápida e comovente. É a história da indústria cinematográfica vista por dentro e por quem conhece. A partir daí foram mais de 20 livros recheados de homens poderosos, mulheres fatais, traições e muito dinheiro.

O sexo é a matéria-prima principal de seus livros, exposta no próprio título: *Os insaciáveis* (2004), *Os libertinos, Os implacáveis, Os estupradores* (1993), *O garanhão* (1971) e *Os devassos* (1996). Em 2007, Andrew Wilson escreveu sua biografia e deu um título apropriado: *Harold Robbins, o homem que inventou o sexo*. Nelson Rodrigues foi seu tradutor brasileiro durante algum tempo e dizia que "Robbins é um momento da estupidez humana". As revistas de literatura, quando se dignam a mencionar seu nome, é para incluí-lo entre os autores que só contam "quantitativamente como quem conta a produção de batatas". Foi um dos poucos escritores que conseguia pagamento antecipado de um U$ 1 milhão de seus editores de Nova York ou pelos produtores de Hollywood. Ao ver seu livro *The piranhas* traduzido no Brasil como *Os estupradores,* ficou intrigado com a tradução e ao saber o significado da palavra piranha, caiu na gargalhada e gritou para sua mulher: "Jan!, você não vai acreditar! Piranha quer dizer prostituta no Brasil!. Essa é muito boa!". Em 1982 sofreu um acidente, passou a usar cadeira de rodas e continuou a escrever mais *best-sellers,* dos quais muitos viraram filmes. Alguns títulos traduzidos para o português, além dos citados: *Os caçadores* (1998); *O indomável; O magnata* (1998); *Os predadores; O segredo* (1998); *Cidade do pecado* (2005); *Nunca é o bastante* (2004); *Os traidores* (2007); *No calor da paixão* (2006); *A mulher só* etc. Quase todos editados pela Record. Faleceu em 14 de outubro de 1997.

HECTOR BABENCO
Hector Eduardo Babenco

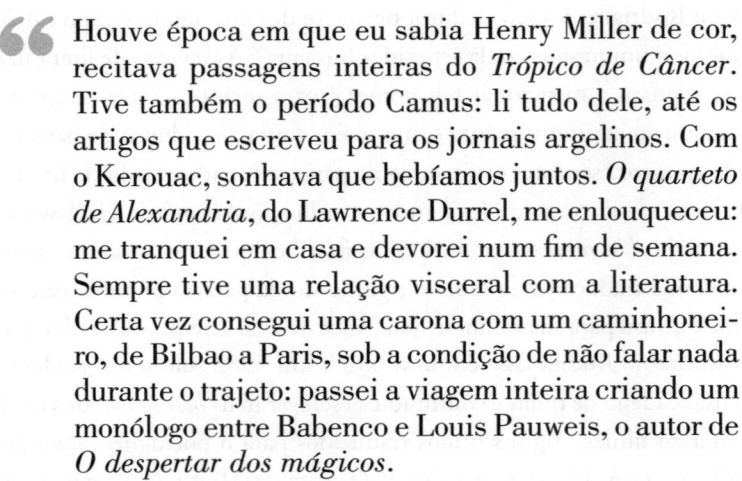

> Houve época em que eu sabia Henry Miller de cor, recitava passagens inteiras do *Trópico de Câncer*. Tive também o período Camus: li tudo dele, até os artigos que escreveu para os jornais argelinos. Com o Kerouac, sonhava que bebíamos juntos. *O quarteto de Alexandria*, do Lawrence Durrel, me enlouqueceu: me tranquei em casa e devorei num fim de semana. Sempre tive uma relação visceral com a literatura. Certa vez consegui uma carona com um caminhoneiro, de Bilbao a Paris, sob a condição de não falar nada durante o trajeto: passei a viagem inteira criando um monólogo entre Babenco e Louis Pauweis, o autor de *O despertar dos mágicos*.

Fonte: Elle, *maio de 1988.*

HECTOR EDUARDO BABENCO nasceu em 7 de fevereiro de 1948, em Mar del Plata, Argentina, e naturalizou-se brasileiro em 1977. Antes de se tornar cineasta, trabalhou como extra em filmes dos diretores espanhóis Sergio Corbucci, Giorgio Ferroni e Mario Camus. Seu primeiro longa-metragem foi *O rei da noite* (1975), com Paulo José e Marília Pêra nos papéis principais. O segundo – *Lúcio Flávio, o passageiro da agonia*, inspirado em fatos reais, conseguiu uma das melhores bilheterias do cinema brasileiro (5,4 milhões). Em 1981, dirigiu *Pixote, a lei do mais fraco*, sobre as crianças abandonadas no Brasil. Foi um sucesso mundial e recebeu vários prêmios internacionais. No final da década de 1980, *Pixote* foi eleito pela revista *American Film* como um dos filmes mais marcantes da década. Em 1984, adaptou o romance de Manuel Puig – *O beijo da mulher aranha* –, trabalhando com parceiros internacionais, um modelo seguido depois por diferentes produções brasileiras. O filme, interpretado por William Hurt e Raul Julia, teve quatro indicações ao Oscar e levou o de melhor ator. No Festival de Cannes, William Hurt recebeu mais uma vez o Prêmio de Interpretação Masculina. Seguindo essa linha de parcerias internacionais, dirigiu *Ironweed* (1987), baseado no romance de William Kennedy. Com Jack Nicholson e Meryl Streep, o filme foi indicado ao Oscar de Melhor ator e Melhor Atriz, respectivamente. Em 1990, fez outra adaptação (do romance de Peter Mathiessen) e dirigiu *Brincando nos campos do Senhor*, inteiramente filmado na Amazônia e interpretado por Tom Berenger, Daryl Hannah, Aldann Quinn e Kathy Bates. Dois anos após um transplante de medula óssea, para se curar de um câncer, dirigiu *Coração iluminado*, seu projeto mais pessoal, inspirado em suas lembranças de adolescência. Em 2003, elaborou o roteiro, junto com Fernando Bonassi e Victor Navas, e dirigiu *Carandiru*, uma adaptação do livro homônimo de Drauzio Varella. O filme, que fez tanto sucesso quanto o livro, retrata a vida de um médico que atende no presídio de segurança máxima de Carandiru, convivendo com a realidade dos prisioneiros. Todos os seus filmes tratam de questões sociais, tendo uma visão pessoal e subjetiva das pessoas marginalizadas, como desabrigados, prostitutas, prisioneiros políticos, homossexuais etc.

HENRY MILLER
Henry Valentine Miller

> Ainda tenho esperança de encontrar alguém que me dê uma chance (de fazer cinema). O que mais lamento é que o cinema nunca tenha sido explorado como devia. É um instrumento poético, com todo tipo de possibilidades. Pense só no elemento de sonho e fantasia. Mas, com que freqüência o conseguimos? De vez em quando um pequeno toque dele e ficamos embasbacados. Pense em todos os recursos técnicos à disposição. Meu Deus, nem ao menos começamos a usá-los Poderíamos ter maravilhas incríveis, prodígios, alegria e beleza ilimitadas. E o que temos? Porcaria completa. O cinema é o mais livre de todos os meios de comunicação, pode-se realizar maravilhas com ele. De fato, eu iria saudar o dia em que os filmes substituíssem a literatura, quando não houvesse mais necessidade de ler. Lembramo-nos de rostos e gestos nos filmes, o que não acontece quando lemos um livro. Se o filme consegue prender nossa atenção, entregamo-nos completamente a ele. Isso não acontece nem mesmo quando ouvimos uma música. Vamos à sala de concertos e o ambiente está ruim, as pessoas bocejam ou cochilam, o programa é muito longo, não tem os números que gostamos etc. Sabe o que quero dizer. Mas no cinema, sentados ali no escuro, as imagens vêm e vão, é como se uma chuva de meteoritos nos atingisse.

Fonte: Os Escritores 2 – as históricas entrevistas da Paris Review.
São Paulo: Companhia das Letras, 1989.

HENRY VALENTINE MILLER nasceu em 26 de dezembro de 1891, em Nova York, EUA. Ensaísta e escritor, cujo estilo é caracterizado pela mistura de autobiografia com ficção. Ademais, a carga erótica é predominante e por isto foi considerado, muitas vezes, um escritor pornográfico. Teve uma vida material e afetiva bastante atribulada devido a dificuldades econômicas e à precocidade de suas experiências sexuais. Ele mesmo afirmou que sua primeira amante, aos 17 anos, "tinha idade bastante para ser minha mãe". Em 1913, começou a viajar pelo oeste dos Estados Unidos trabalhando esporadicamente em diversos serviços. De volta a Nova York, trabalha na alfaiataria do pai, mas logo se retira para trabalhar na Western Union, onde escreve seu primeiro livro, que nunca foi publicado. Em 1925 passa a escrever poemas em prosa, chamados *Mezzotints*, para vendê-los de porta em porta. Não conseguindo sobreviver nesta atividade e querendo ser escritor, mudou para Paris na década de 1930, onde finalmente conseguiu publicar seu primeiro livro: *Trópico de câncer* (1934), uma narrativa confessional como as de Santo Agostinho ou Rousseau, mas baseada em suas experiências com as prostitutas francesas. O livro teve dificuldades em sua distribuição e foi banido em alguns países sob a acusação de pornografia, e tal fato atraiu a curiosidade do público, fazendo aumentar sua vendagem. Em seguida publicou *Trópico de capricórnio* (1939), seguindo a mesma linha. Ainda em Paris escreveu *O mundo do sexo* (Pallas, 1975), traduzido no Brasil com prefácio de Otto Maria Carpeaux, que lhe prestou certa credibilidade literária. Durante a Segunda Guerra Mundial retornou aos EUA e se estabeleceu como um escritor prolífico, mas o sucesso só viria após a liberação de suas obras na década de 1960. Tornou-se um clássico após a publicação da trilogia autobiográfica *Sexus* (1949), *Plexus* (1953) e *Nexus* (1960), que ele chamou de *A crucificação encarnada*. No período 1944-1962, viveu em Big Sur, Califórnia, mas o lugar transformou-se em centro de peregrinação devido ao ilustre escritor, obrigando-o a retirar-se para viver em Pacific Palisades, um distrito de Los Angeles. Em Big Sur ainda hoje é mantido um memorial dedicado a sua obra, composta, entre outras, por: *O colosso de Marússia* (L&PM, 2005); *Pesadelo refrigerado* (Francis, 2006); *Big Sur e as larajas de Hieronymus Bosch* (José Olympio, 2006); *Um diabo no paraíso* (Thomson Learning, 1997); *Primavera negra* (IBRASA, 1995); *Dias de paz em Clichy* (José Olympio, 2004). A trilogia *Sexus*, *Plexus* e *Nexus* foi editada pela Cia. das Letras em 2004-2005. Faleceu em 7 de junho de 1980.

HUMBERTO SOLÁS
Humberto Solás

> Não (consegui transformar o romance de Carpentier em imagens, colocar na tela a mesma complexidade do livro). Minha obra só serve para popularizar o romance que, não há como negar, é de difícil leitura. Se os espectadores do filme se interessarem pelo livro, já me dou por satisfeito. Na recriação fílmica do romance, procurei trabalhar com uma câmera ondulante, levando em conta a necessidade de monumentalidade do Barroco. Dei um tratamento filosófico à trama, sem me preocupar com o tempo acelerado dos espectadores de hoje, muito manipulados por realizadores que produzem em série. Sei que meu filme exige do público um exercício de pensamento.

Fonte: CAETANO, Maria do Rosário. Cineastas latino-americanos: entrevistas e filmes. *São Paulo: Estação Liberdade, 1997.*

HUMBERTO SOLÁS nasceu em 14 de dezembro de 1941, em Havana, Cuba. Cineasta e um dos fundadores do "novo cinema latino-americano". Junto com Tomás Gutiérrez Alea forma a dupla de cineastas mais conhecida de Cuba. Seu filme *Lucia* (1970) é considerado pela crítica mundial como um dos dez melhores filmes do cinema ibero-americano. Na condição de organizador do Festival Internacional del Cine Pobre, defende a democratização e a liberdade de um cinema realizado com poucos recursos, possibilitando a inclusão de novos cineastas no patrimônio audiovisual mundial. Sua estética é uma apaixonada experimentação que recolhe o legado clássico e o coloca dentro das perspectivas de vanguarda cinematográfica contemporânea. Seu filme *Un hombre de êxito* (1988) foi o primeiro filme cubano candidato ao Oscar de melhor filme estrangeiro e ganhou o Prêmio Coral do Festival de Havana. Na época, comentou-se que o prêmio iria para o Visconti de Cuba, como ficou conhecido Humberto

Solás. Em 1992 realizou *El siglo de las luces* (1991), baseado na obra homônima de Alejo Carpentier. Realizou mais de 20 filmes e participou de todos os grandes festivais internacionais de cinema, tendo sido premiado em muitos deles. Principais filmes: *Manuela* (1966); *Un dia de noviembre* (1972); *Cantatal del Chile* (1975); *Cecília* (1982); *Amada* (1983); *Buendia* (1989); *Miel para Oshún* (2001) e *Barrio Cuba* (2005).

JEAN CLAUDE-CARRIÈRE
Jean Claude-Carrière

> O olhar que temos sobre a obra depende de mil coisas, mas primeiro daquele que a olha. Por exemplo; entro numa exposição com um amigo e saímos os dois sem ter visto a mesma coisa – a nossa individualidade é muito mais forte do que a disposição feita pelo crítico. No cinema é assim, no teatro é assim. Tudo depende de quem olha. A relação se dá apenas entre a obra e aquele para quem a obra é feita. Conhecemos a influência que Cervantes teve sobre Kafka. Mas Borges falou sobre a influência que Kafka teve sobre Cervantes, pois se lemos o segundo, é o primeiro que se modifica. Os elementos de uma exposição representam um papel em proporção variável, mas que não é essencial para a apreensão da obra. Assim como o público muda uma peça todas as noites.

Fonte: LEIRNER, Sheila. O Estado de São Paulo, 10 de junho de 1995.

> São radicalmente diferentes (a escrita do roteirista e a do romancista). O cinema é uma arte objetiva. Contrariamente à frase de Proust, que é uma frase longa e introspectiva, construída para penetrar em todos os meandros da alma humana, a frase do roteirista não comporta a introspecção. Não se pode, por exemplo, escrever: Jean-Pierre pensa que ou sente que. O roteirista só pode escrever o que pode ser mostrado numa tela: Jean-Pierre parece preocupado ou ele anda rapidamente em direção à porta. Por outro lado, a escrita do romance termina com o romance, enquanto a do roteiro inaugura a verdadeira aventura cinematográfica. À diferença do romance, o roteiro é uma forma efêmera, provisória, que vai desaparecer

para se tornar um filme ou uma peça de teatro, ele deve comportar todos os elementos necessários ao filme, como a larva, que não voa, mas tem tudo que é preciso para que dela surja uma borboleta. 99

Fonte: MILLAN, Betty. A força da palavra. *Rio de Janeiro: Record, 1996.*

∽⊙≿

JEAN CLAUDE-CARRIÈRE nasceu em 17 de setembro de 1931, na França. Escritor, roteirista, dramaturgo e ensaísta. Trabalhou como roteirista dos principais cineastas do mundo: Buñuel, Godard, Louis Malle, Milos Forman, Carlos Saura, Andrzej Wajda e Hector Babenco e adaptou para o teatro o épico indiano *Mahabharata*. Foi presidente da Federação Européia dos Ofícios da Imagem e do Som (FEMIS) e escreveu com Pascal Bonitzer um livro definitivo sobre a arte do roteiro: *O exercício do roteiro*, com a finalidade de ensinar a "captar e manter a atenção do espectador". É um mestre – no sentido pleno da palavra – na arte de contar histórias, pois dá aulas de roteiro pelo mundo afora, inclusive no Brasil, com uma oficina de roteiros para cinema que realizou na FUNARTE de Brasília, em setembro de 1996. Numa entrevista com Betty Millan, disse "Contar e matar, contar e morrer freqüentemente parecem ligados. Por que Xerazade, com seus mil e um contos, afasta de si a morte? Pela equivalência entre a história e a vida, mas sobretudo porque contar é matar e vencer a morte". Conhecedor de tantas histórias, resolveu registrá-las no papel e escreveu *O círculo dos mentirosos* (Códex, 2004). Realizou mais de 50 filmes, dentre os quais: *Diário de uma camareira* (1964); *A bela da tarde* (1967); *Via Láctea* (1969); *Fantasma da liberdade* (1974); *Esse obscuro objeto do desejo* (1977); *O processo da revolução* (1983); *Sombras de Goya* (2006); *O discreto charme da burguesia* (1972) e *A insustentável leveza do ser* (1988). Após ter estudado longamente o hinduísmo para fazer a adaptação do *Mahabharata*, foi à Índia em 1994 para se encontrar com o Dalai Lama. Foi um encontro frutífero, que resultou na edição de *A força do Budismo* (Mandarim, 1996), escrito a quatro mãos. Sua paixão pela Índia foi se ampliando ao ponto de levá-lo a dedicar-lhe um dicionário amoroso, cujo título original é traduzido entre nós como *Índia, um olhar amoroso* (Ediouro, 2002).

JOÃO GILBERTO NOLL
João Gilberto Noll

> Minha expectativa (de ver três adaptações de meus livros para o cinema) é a melhor possível. E nessa aposta eu não perderei. Acho que realmente são livros meus em que as celebrações das aparências, da fisicalidade, são mais visíveis, palpáveis, cruas. Nesses livros, os corpos humanos ou não estão mais jogados à deriva, prontos e despojados para serem retidos pela imagem cinematográfica, sim!
>
> Fonte: BRASIL, Ubiratan. O Estado de São Paulo, 27 de setembro de 2003.

JOÃO GILBERTO NOLL nasceu em Porto Alegre, Rio Grande do Sul, em 1946. Jornalista e romancista preocupado mais com a forma do que com o conteúdo. Segundo ele mesmo: "Sou um escritor de linguagem, pelo método com o qual escrevo fica claro isso. Tento captar a realidade através do que a linguagem me indica". Em 1969 deixa a cidade natal para morar no Rio de Janeiro e trabalhar nos jornais *Folha da Manhã* e *Última Hora*, nos quais mantinha uma coluna sobre teatro, literatura e música. Em 1974 retoma o curso de Letras e passa a lecionar no curso de Comunicação da PUC/RJ. Seu primeiro livro – *O cego e a dançarina* (1980) – recebeu os prêmios Revelação do Ano da APCA; Ficção do Ano, do Instituto Nacional do Livro e o Prêmio Jabuti, da Câmara Brasileira do Livro. No ano seguinte, publica *A fúria no corpo* e parte para os EUA como bolsista de um programa de escritores da University of Iowa. Em 1984 publicou o conto *Alguma coisa urgentemente*, que mais tarde foi incluído na coletânea *Romances e contos reunidos* (Cia. das Letras, 1997). O conto foi selecionado por Italo Moriconi para figurar no livro *Os cem melhores contos brasileiros do século* (Objetiva, 2000) e adaptado para o cinema: *Nunca fomos tão felizes*, sob a direção de Murilo Salles, em 1983. A partir daí, mantém uma produção regular com livros premiados e viagens a convite de universidades estrangeiras. Seu romance

Hamada (1993) ganhou o Prêmio Jabuti e está incluído na lista dos 100 livros essenciais brasileiros em qualquer gênero e em todas as épocas, organizada pela revista *Bravo!*. Outra premiação importante veio com o lançamento de *Mínimos múltiplos comuns* (2003). Ganhou o Prêmio Ficção 2004, da Academia Brasileira de Letras. Outros livros: *Bandoleiros* (1985); *Rastros de verão* (1986); *Hotel Atlântico* (1989); *A céu aberto* (1996); *Canoas e marolas* (1999); *Berkeley em Bellagio* (2002); *Lorde* (2004) e *A máquina do ser* (2006), que lhe rendeu outra vez o Prêmio Jabuti. Em 1986 retorna à sua cidade e passa a viver mais ou menos recluso numa chácara nas redondezas de Porto Alegre.

JOHN BART
John Simmons Bart

> Eu costumava pensar que seria muito bom se minha obra não fosse apenas lida, mas também vista por espectadores. Mas quando adaptaram *The end of the road*, o resultado foi desastroso, constrangedor. Fiquei muito embaraçado (N.R.: A crítica não concorda. Leonel Maltin, autor de um célebre guia de cinema e vídeo, considera o filme um cult). Acho que dificilmente bons livros rendem bons filmes, sobretudo aqui nos Estados Unidos, onde existe uma síndrome de Hollywood. Eles não transformaram os livros em cinema, transformaram em Hollywood. E isso é um péssimo negócio para os escritores.

Fonte: TRIGO, Luciano. O Globo, 28 de setembro de 1991.

JOHN SIMMONS BART nasceu em 27 de maio de 1930, em Cambridge, Maryland, EUA. Romancista, ensaísta e um dos fundadores da escola de metaficção, talvez o mais importante movimento literário norte-americano da segunda metade do século XX. Talvez seja o autor que mais ajudou a difundir o conceito de pós-modernismo. Antes mesmo de se consagrar como romancista, já era um membro destacado no meio acadêmico, ministrando aulas na Pen State University, University of Buffalo, Boston University e Johns Hopkins University, bem como publicando diversos ensaios sobre os rumos da literatura numa era pós-modernista, tais como: *The literature of the exhaustion* (1967) e *The literature of the replenishment* (1980). Em 1965, foi eleito um dos mais importantes escritores norte-americanos por cerca de 200 críticos, autores e editores. Publicou seu primeiro romance – *The floating opera* – em 1957, o qual surpreendeu a crítica e foi bem aceito pelo público. O romance seguinte – *The end of the road* (1958) – confirmou o talento do escritor. Não obstante sua importância, tem apenas dois livros publicados no Brasil: *Ópera flutuante*

(Brasiliense, 1987) e *Quimera* (Marco Zero). Outros livros: *The sot-weed factor* (1960); *Giles goat-boy* (1966); *Lost in the funhouse* (1972); *Sabatical: a romance* (1982); *The tide water tales* (1987); *The last voyage of somebody the sailor* (1991); *On with the story* (1996); *Coming soon!!!: a narrative* (2001); *The book of the nights and a night: eleven stories* (2004) e *Where three roads meet* (2005).

JOHN CHEEVER
John William Cheever

> Os escritores de minha geração, e aqueles que foram criados com o cinema, conhecem muito bem esses meios, grandemente diversos, sabem o que é melhor para a câmera e o que é melhor para o escritor. Aprende-se a pular a cena de multidão, a porta majestosa, a ironia banal de dar um close nos pés-de-galinha da beldade. A diferença entre esses ofícios foi, penso eu, claramente compreendida, e em conseqüência disso não há um bom filme que tenha vindo da adaptação de um bom romance. Eu adoraria escrever um roteiro original se achasse um diretor compreensivo. Anos atrás, René Clair ia filmar alguns contos meus, mas assim que o escritório central ouviu falar do assunto, retirou todo o dinheiro.

Fonte: Os Escritores – as históricas entrevistas da Paris Review.
São Paulo: Companhia das Letras, 1988.

JOHN WILLIAM CHEEVER nasceu em 27 de maio de 1912, em Massachusetts, EUA. Romancista e contista dos mais famosos da literatura norte-americana. Durante muito tempo, foi colaborador das revistas *The New Yorker* e *The New Republic*. Lançou diversos livros de destaque, dentre eles *A crônica dos Wapshot* (1958), considerado um dos melhores 100 romances de língua inglesa e vencedor do National Book Award. O livro fez tanto sucesso que mereceu uma continuidade com *O escândalo dos Wapshot* (1959). Segundo John Updike, "Cheever exalta a sublime poesia da vida, e na criação de imagens e acontecimentos é um escritor sem igual na ficção americana contemporânea". Seu último livro, *The stories of John Cheever*, recebeu o Prêmio Pulitzer em 1979. Infelizmente, não é muito conhecido no Brasil, pois dizem que é o melhor contista norte-americano pós Hemingway. Mas tem, além dos livros citados, alguns títulos traduzidos e publicados aqui: *Ah, até parece o paraíso* (Arx, 2005), *O mundo das maçãs e outros contos* (Companhia das Letras), *Sobrevivendo na prisão* (Arx, 2005), *Acerto de contas* (Arx, 2006). Faleceu em 18 de junho de 1982.

JOHN LE CARRÉ
David John Moore Cornweel

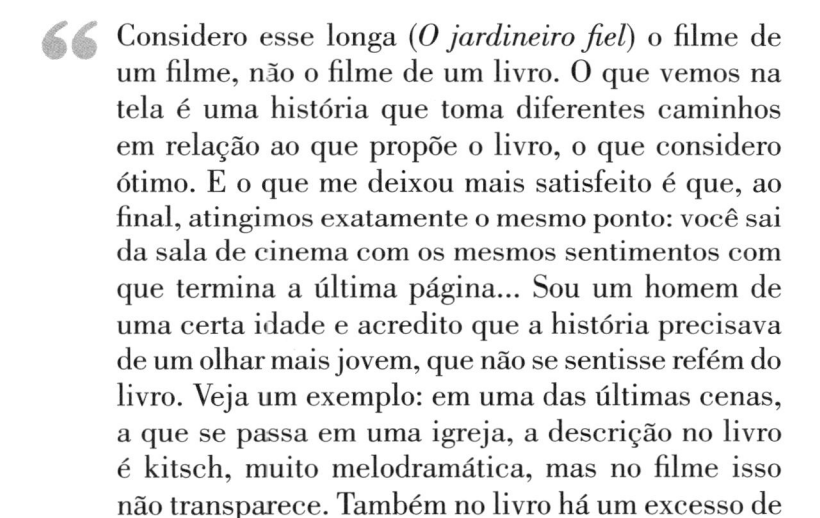

> Considero esse longa (*O jardineiro fiel*) o filme de um filme, não o filme de um livro. O que vemos na tela é uma história que toma diferentes caminhos em relação ao que propõe o livro, o que considero ótimo. E o que me deixou mais satisfeito é que, ao final, atingimos exatamente o mesmo ponto: você sai da sala de cinema com os mesmos sentimentos com que termina a última página... Sou um homem de uma certa idade e acredito que a história precisava de um olhar mais jovem, que não se sentisse refém do livro. Veja um exemplo: em uma das últimas cenas, a que se passa em uma igreja, a descrição no livro é kitsch, muito melodramática, mas no filme isso não transparece. Também no livro há um excesso de burocratas, policiais, que desapareceram na versão cinematográfica.

Fonte: BRASIL, Ubiratan. O Estado de São Paulo, 16 de outubro de 2005.

DAVID JOHN MOORE CORNWEEL nasceu em 19 de outubro de 1931, na Inglaterra. Filho de um vigarista profissional e abandonado pela mãe aos 5 anos, teve uma infância e adolescência que lhe ajudaram a se transformar no inventor do moderno romance de espionagem. Trabalhou durante 16 anos no Serviço de Inteligência do Ministério das Relações Exteriores e, durante muito tempo, negou que fosse espião. "Na verdade eu sou um escritor que se tornou espião e não um espião que se tornou escritor." Frederick Forsyth, autor de *O dia do Chacal*, considera-o o mestre do romance de espionagem. Seu primeiro livro, *Morto ao telefone,* foi escrito em 1959, durante o expediente quando trabalhava na Military Intelligence Section (MI5). Quando começaram a construir o muro de Berlim, estava trabalhando em Bonn e se propôs a escrever um livro retratando esse episódio. O resultado foi *O espião que saiu do frio* (1963), seu livro de maior sucesso editorial. A fama e o dinheiro vieram de repente e pegaram-no desprevenido. Fugiu com a família para Creta e passou a ter uma vida reclusa tanto em relação à imprensa como a seus colegas escritores. "Foi uma ruptura imensa e incontrolável em minha vida." Com o fim da Guerra Fria, muitos achavam que ele poderia se aposentar. De fato, houve uma queda na qualidade literária com o fim dos espiões mantidos por aquele período. Seus livros publicados em seguida – *O gerente noturno*, *O alfaiate do Panamá* e *Single & single* – não expressam a qualidade dos anteriores. Mas, em 2001, o autor volta a surpreender com *O jardineiro fiel*, tendo como vilã a indústria farmacêutica internacional. Neste sentido, ele se alinha com Gore Vidal, que acredita ser o mundo governado pela máfia e pelas grandes corporações. Esta é a nova matéria-prima de seus livros, que suplanta o propósito do entretenimento para explicar um pouco do mundo moderno, como bem definiu o crítico Mauro Dias. Seu lançamento mais recente é *Amigos absolutos* (2004).

JOHN UPDIKE
John Hoyer Updike

> Não gostei muito (do filme *As Bruxas de Eastwick*). Ele começa bem, as três atrizes são ótimas, mas aos poucos o filme vai ficando mais e mais maluco. É claro que filme e livros devem ser um pouco loucos, mas neste caso virou tudo uma confusão. Achei embaraçoso. Um livro é inanimado, você lê sozinho; o escritor pode ser bem indiscreto e explícito. Um filme é um evento social, com várias pessoas em uma sala. Acho que o Jack Nicholson fez um grande trabalho ao dar vida ao personagem, mas passou do ponto, de forma que o filme passou a ser sobre ele, e não sobre as mulheres – enquanto o romance fala basicamente delas, de três mulheres divorciadas cuidando de si próprias. Acho que dificilmente vou gostar de um filme baseado em um livro de que gosto... (Quanto a novas adaptações) Eu não estou desesperado para ver isso acontecer. Mas não poderia recusar uma oferta, porque isso é dinheiro, e sou um escritor profissional. Mas acho que meus livros são material literário, feito para ser lido. Se você retira a parte literária, não sobra muita coisa. Um livro dever ser cheio de sutilezas: um filme tem que ser mais direto, objetivo.

Fonte: VILLELA, Heloísa. O Globo, *28 de abril de 1991.*

JOHN HOYER UPDIKE nasceu em 18 de março de 1932, na Pensilvânia, EUA. Escritor, ensaísta, contista e dramaturgo. Formou-se em Havard e estudou belas artes na Inglaterra. Sua carreira teve início como resenhista na revista *The New Yorker*, onde trabalhou por quase três anos (1955-1957). Ao longo dos últimos 50 anos, tornou-se o cronista da classe média norte-americana, traçando um grande painel com enfoque em temas como o conformismo da época Eisenhower; a contracultura dos anos de 1960; a liberação dos costumes da década de 1970 e o novo conformismo consumista do final do século. Em seu mais recente livro – *Terrorista* (Cia. das Letras, 2007) – mostra a gênese do ódio sob a ótica de um jovem árabe-americano que vive em um subúrbio decadente de Nova Jersey e que, pouco a pouco, vai sendo atraído pelo mundo do terrorismo internacional. Vencedor por duas vezes de dois dos mais prestigiados prêmios literários norte-americanos: National Book Award, em 1964 e 1982, e Prêmio Pulitzer, em 1982 e 1991, seus livros costumam freqüentar as listas de *best-sellers*. A pentalogia *Coelho* foi eleita como uma das melhores obras de ficção norte-americana dos últimos 25 anos pelo *The New York Times Book Review*. No Brasil, a Cia. das Letras tem traduzido os títulos mais destacados de sua obra: *Consciência à flor da pele* (1989); *Bem perto da costa* (1991); *Coelho cai* (1992); *Coelho corre* (1992); *Coelho cresce* (1992); *Coelho em crise* (1992); *Coelho se cala* (2003); *Brazil* (1994); *Uma outra vida* (1996); *Bech no beco* (2000); *Gertrudes e Cláudio* (2001) e *Busca o meu rosto* (2005).

JORGE AMADO
Jorge Amado de Faria

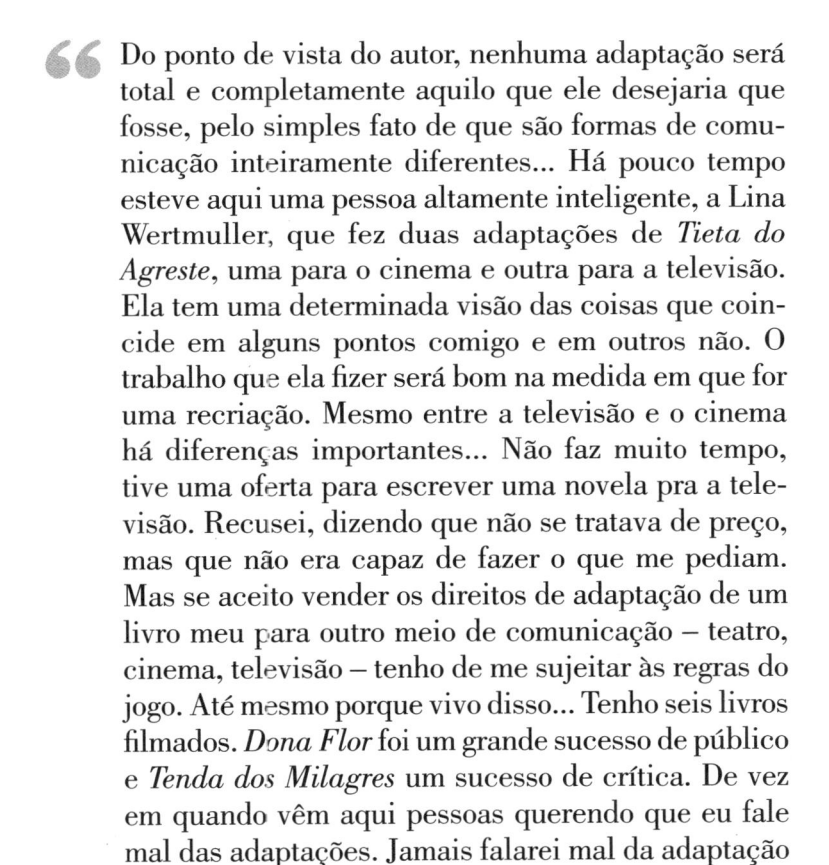

> Do ponto de vista do autor, nenhuma adaptação será total e completamente aquilo que ele desejaria que fosse, pelo simples fato de que são formas de comunicação inteiramente diferentes... Há pouco tempo esteve aqui uma pessoa altamente inteligente, a Lina Wertmuller, que fez duas adaptações de *Tieta do Agreste*, uma para o cinema e outra para a televisão. Ela tem uma determinada visão das coisas que coincide em alguns pontos comigo e em outros não. O trabalho que ela fizer será bom na medida em que for uma recriação. Mesmo entre a televisão e o cinema há diferenças importantes... Não faz muito tempo, tive uma oferta para escrever uma novela pra a televisão. Recusei, dizendo que não se tratava de preço, mas que não era capaz de fazer o que me pediam. Mas se aceito vender os direitos de adaptação de um livro meu para outro meio de comunicação — teatro, cinema, televisão — tenho de me sujeitar às regras do jogo. Até mesmo porque vivo disso... Tenho seis livros filmados. *Dona Flor* foi um grande sucesso de público e *Tenda dos Milagres* um sucesso de crítica. De vez em quando vêm aqui pessoas querendo que eu fale mal das adaptações. Jamais falarei mal da adaptação de um livro meu. Também não vou dizer que qualquer uma delas me satisfez completamente.

Fonte: MOTA, Lourenço Dantas. O Estado de São Paulo, 17 de maio de 1981.

JORGE AMADO DE FARIA nasceu em 10 de agosto de 1912, em Itabuna, Bahia. Um dos mais conhecidos escritores brasileiros em todo o mundo. Tem uma vasta obra adaptada para cinema e televisão, na qual transparece os aspectos principais de sua terra natal. Militante comunista nos anos 1940, foi deputado entre 1946 e 1948, quando teve o mandato cassado. Foi um dos maiores representantes do regionalismo brasileiro, e sua obra é importante para a compreensão de nossa realidade social e histórica. Mais instintivo que racional, sua linguagem descontraída, de cunho oralista, freqüentemente aparece como elemento de caracterização das coisas regionais. Escreveu seu primeiro romance, *O país do carnaval*, em 1931. Trata-se de um escritor de *best-sellers*, tais como: *Mar morto* (1936), *Seara vermelha* (1946), *Os subterrâneos da liberdade* (1954), *Os pastores da noite* (1964), *Gabriela, cravo e canela* (1958), *A morte de Quincas Berro D'Água* (1959), *Dona Flor e seus dois maridos* (1966), *Tenda dos milagres* (1969), *Teresa Batista cansada de guerra* (1972), *Tieta do Agreste* (1977), *Tocaia grande* (1984) etc. Entrou para a Academia Brasileira de Letras em 1961 e recebeu, em 1995, o maior prêmio ofertado aos escritores de língua portuguesa: o Prêmio Camões. Morava em Salvador, onde foi, junto com sua mulher, também escritora, Zélia Gattai, reverenciado ainda em vida como uma instituição. Faleceu em 2001.

JORGE FONS
Jorge Fons Pérez

" Li *El callejón de los milagros* e vi que a trama se adaptava muito bem à realidade mexicana. Comprei os direitos autorais e realizamos o filme, que alcançou sucesso sem par na minha carreira e tornou-se uma das maiores bilheterias da história do cinema de meu país... (Naguib Mahfouz aprovou e gostou muito da adaptação) Ele ficou tão satisfeito que me convidou para sua festa de 85 anos, realizada no Cairo. Mahfouz conhecia as facilidades e as dificuldades que tive para aclimatar seu romance à realidade mexicana. Temos semelhanças com a cultura egípcia. Somos, ambas, culturas antigas, passamos pelo mesmo sofrimento de submissão a domínios coloniais, convivemos com pobreza gritante, imensas desigualdades sociais, carregamos a marca do subdesenvolvimento típico dos países do Terceiro Mundo. A diferença mais significativa, para mim, está no fato de nós, mexicanos, sermos católicos, enquanto os egípcios são muçulmanos. Do ponto de vista dramático, encontramos elementos muito semelhantes. Um deles é a necessidade de imigração, tormento de nossos povos. Os egípcios – o livro de Mahfouz se passa na década de 1940 – estavam envolvidos com os colonizadores ingleses. Nós, mexicanos, com os EUA. Desde a Segunda Grande Guerra que vivemos uma relação de complexa dependência com nossos vizinhos do Norte. Temos três mil km de fronteira a nos separar dos EUA. Temos uma Guarda Nacional atenta e pronta para maltratar os que fogem, ilegalmente. "

Fonte: CAETANO, Maria do Rosário. Cineastas latino-americanos: entrevistas e filmes. São Paulo: Estação Liberdade, 1997.

JORGE FONS PÉREZ nasceu em 23 de abril de 1939, em Veracruz, México. Cineasta da primeira geração de diretores de cinema da Universidad Nacional Autónoma de México. Ficou conhecido internacionalmente com o filme *El callejón de los milagros* (1995), uma adaptação do romance de Naguib Mahfouz. O filme tornou-se uma das maiores bilheterias da história do cinema mexicano; ganhou 47 prêmios nacionais e internacionais e teve importância fundamental na carreira de seu autor. Mas o cineasta tem outros filmes destacados: o curta-metragem *Caridad* (1973) é considerado ainda hoje um dos melhores filmes mexicanos; *Los albañiles* (1976), com o qual conquistou o Urso de Prata de melhor diretor no Festival de Berlim, e *Rojo amanecer* (1989), que narra a matança de mais de 80 mexicanos na Plaza de las Tres Culturas, ocorrida em 2 de outubro de 1968. Na década de 1980 passou a se dedicar à televisão, realizando diversos documentários: *Así es Vietnam* (1979); *Templo mayor* (1980) e *Indira* (1985) para, em seguida, retornar ao cinema de ficção. Outros filmes: *Tu, yo, nosotros* (1970); *Los cachorros* (1971); *El quelite* (1971); *La ETA* (1974) e *La cumbre* (2003).

JORGE LUIS BORGES
Jorge Francisco Isidoro Luis Borges Acevedo

❝ Penso que hoje em dia, quando os homens de letras parecem ter negligenciado seus deveres épicos, o épico foi salvo para nós, muito estranhamente, pelos filmes de faroeste... Quando fui a Paris, senti que queria chocar as pessoas, e, quando perguntavam – sabiam que eu me interessava por cinema ou que tinha sido interessado, porque a minha vista está muito fraca agora – e perguntavam: 'Que tipo de filme o senhor gosta?', eu dizia 'Sinceramente, os que eu mais gosto são os filmes de faroeste'. Eles eram todos franceses; concordavam plenamente comigo. Diziam, 'Claro, nós vemos filmes como *Hiroshima meu amor* ou *O ano passado em Marienbad* por senso de dever, mas quando queremos nos entreter, quando queremos nos divertir, quando queremos, bem, dar umas boas risadas, então assistimos a filmes americanos'. ❞

Fonte: Os Escritores – as históricas entrevistas da Paris Review.
São Paulo: Companhia das Letras, 1988.

― ⋘⋙ ―

JORGE FRANCISCO ISIDORO LUIS BORGES ACEVEDO nasceu em 24 de agosto de 1899, em Buenos Aires, Argentina. O menos latino-americano dos latino-americanos foi perdendo a visão na medida em que envelhecia. Daí, talvez, seu gosto acentuado pelas conversas que travava com os amigos e centenas de jornalistas. Iniciou como poeta em 1924 com o livro *Fervor de Buenos Aires*, mas foi como contista que se tornou célebre, tendo se revelado em 1935 com a publicação de *História universal da infâmia*. A fama mundial viria em 1944 com o livro *Ficções*. Tem sido estudado como o descobridor de um território inexplorado, um mundo de indagações sobre temas como a repetição dos atos humanos, a circularidade do tempo, o infinito das possibilidades combinatórias etc. Por essa razão, tem sido incluído entre os notáveis da literatura fantástica, e os lançamentos de *O Aleph* (1949), *Inquisiciones* (1960) e *Informe de Brodie* (1970) confirmam isso. Sua obra publicada é enorme, composta de poesias, contos e romances. Entrou para a Academia Argentina de Letras em 1955 e, enquanto vivo, todo ano era cogitado para receber o Prêmio Nobel de Literatura. No entanto, recebeu outros, como o Prix Internationale des Editeurs em 1961, dividido com Samuel Becket; o Prêmio Interamericano de Literatura em 1970, e o Prêmio Miguel de Cervantes em 1980. É autor também de inúmeras antologias, destacando-se a *Antologia de la literatura fantástica*, feita em colaboração com seu amigo e eventual parceiro Adolfo Bioy Casares. Faleceu em 14 de junho de 1986, em Genebra.

JOSÉ SARAMAGO
José de Sousa Saramago

> O cinema é outra coisa, conta outra história. O cinema narra com imagens, a literatura tem outro modo de narrar. E eu penso que de um livro, de um romance, o menos importante é o que se conta. O mais importante é o como se conta e não o que se conta. Quanto você adapta um romance para o cinema, só passa o quê, o como fica de fora. O como do cinema é outro e é esse outro como que eu não consigo ver aplicado a meus livros.

Fonte: CASTELLO, José. O Estado de São Paulo, 21 de setembro de 1996.

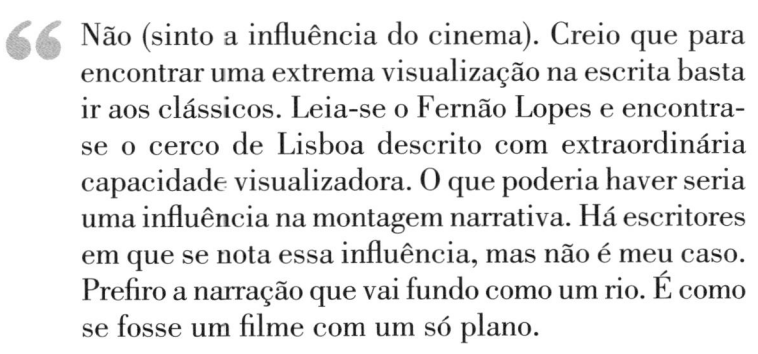

> Não (sinto a influência do cinema). Creio que para encontrar uma extrema visualização na escrita basta ir aos clássicos. Leia-se o Fernão Lopes e encontra-se o cerco de Lisboa descrito com extraordinária capacidade visualizadora. O que poderia haver seria uma influência na montagem narrativa. Há escritores em que se nota essa influência, mas não é meu caso. Prefiro a narração que vai fundo como um rio. É como se fosse um filme com um só plano.

Fonte: COUTO, José Geraldo. Folha de São Paulo, 27 de janeiro de 1996.

JOSÉ DE SOUSA SARAMAGO nasceu em Portugal, em 1922. O primeiro escritor que pôde dizer "obrigado" ao receber o Prêmio Nobel de Literatura, em 1998. Um escritor que, não obstante sua condição de ateu confesso, fez o mundo ver, por meio de uma história romanceada, um Jesus Cristo mais humano do que Ernest Renan em seu famoso estudo histórico *Vida de Jesus*. Está certo que Saramago alcançou a fama com *Jangada de pedra* (1988) e *Memorial do convento*

(1983), porém foi com *O Evangelho segundo Jesus Cristo* (1991) que ele obteve consagração mundial. Além de romancista, é dramaturgo e poeta barroco no seu modo peculiar de escrever. Seu modo de escrever, como se fala, de uma maneira rebuscada, nasceu de um ímpeto: "Essa idéia não surgiu, simplesmente nasceu. Foi quando estava no princípio de *Levantando do chão* (1980) que, subitamente, sem qualquer reflexão prévia, o relato se soltou, como se, em vez de escrever, eu estivesse a falar". São fenômenos difíceis de explicar, a não ser como mistérios da criação literária. Mistérios, aliás, que acompanham o escritor desde quando estava em Sevilha, prestes a atravessar uma rua, e viu numa banca de jornal na calçada uma publicação com o título *O Evangelho segundo Jesus Cristo*. Na pressa, atravessou a rua com o título na mente: como pode isto? Já do outro lado da rua, a dúvida se agiganta e o faz retornar à banca para verificar do que se tratava. Eis o mistério: não havia publicação alguma com aquele título. Foi uma visão que ficou gravada de modo tão insistente, que o obrigou a fazer uma pesquisa de fôlego para escrever um livro com aquele título. Seu primeiro livro escrito aos 25 anos, em 1947, foi *Terra do pecado*. O segundo – outro mistério – viria somente 33 anos depois para consagrá-lo como vencedor do Prêmio Cidade de Lisboa – *Levantando do chão*. Nesse período, escreveu poemas, contos e peças teatrais, juntamente com a profissão de jornalista, na qual chegou a ser diretor-adjunto do *Diário de Notícias*. Outros títulos de sua obra: *O ano da morte de Ricardo Reis* (1988), *História do cerco de Lisboa* (1989), *Viagem a Portugal* (1990*)*, *In nomine dei* (1993), *Objecto quase* (1994), *Ensaio sobre a cegueira* (1995), *A bagagem do viajante* (1996), *Todos os nomes* (1997), *Cadernos de Lanzarote* (1997), *O conto da ilha desconhecida* (1998) e *A caverna* (2000). Em 2001, partiu para uma nova experiência literária: escreveu um livro infantil, *A maior flor do mundo,* lançado simultaneamente no Brasil e em Portugal. Em 2004 lançou *Ensaio sobre a lucidez*, cujo enfoque são as eleições num país imaginário, onde ao se abrir as urnas verifica-se uma grande quantidade de votos nulos. Uma alegoria sobre a fragilidade do sistema político. Em 2005, publicou a peça *Don Giovanni ou o dissoluto absolvido,* na qual o sedutor se transforma num homem permanentemente seduzido. Sua publicação mais recente é o romance *As intermitências da morte* (2005).

JUAN JOSÉ SAER
Juan José Saer

" Quanto às relações do cinema com a literatura, há uma anedota que diz: 'Você leu a *Crítica da razão pura*? Não, mas vi o filme'. O cinema se tornou uma espécie de substituto da cultura. Costumo dizer que agora o cinema não é uma arte, mas um tema de conversação à mesa. Em Paris não se pode conversar sobre um tema mundano sem falar de um filme de Woody Allen. Ele me parece uma pessoa das mais respeitáveis, mas já começaram a compará-lo com Bergman. Se a minha geração tinha Bergman e a geração atual tem Woody Allen, estamos fritos... Voltando ao que é importante (vejo que os entusiastas de Woody Allen começaram a rir...), creio que nos anos 1930 o cinema efetivamente influiu na linguagem literária e em muitas outras. Exerceu uma influência interessante na narrativa, gerando uma filiação que abarcou desde os primeiros romances noir aos primeiros escritores comportamentalistas norte-americanos, os quais passaram a ter influência sobre a 'geração perdida'. Muitos textos da geração perdida têm o enfoque do romance comportamentalista em sua maneira de respeitar o ponto de vista. Esse enfoque teve uma influência muito grande no romance francês do pós-guerra, em Sartre, Camus etc., e chegou até o *nouveau roman*. Creio que aí houve efetivamente uma influência decisiva da linguagem cinematográfica, num momento da evolução da linguagem narrativa que levou às teorias do ponto de vista, que nos anos 1960 eram muito difíceis de transgredir. Escrevi todo um romance para me desembaraçar disso, *Glosa*, no qual volto ao narrador totalmente onisciente. Para isso havia que criar uma retórica nova, que permitisse introduzir a terceira pessoa sabendo-se que o autor daquele romance estava a par de todos os debates sobre o ponto de vista. De resto, sou um bom telespectador de ficções: vejo os faroestes e as séries de televisão mais rasteiras. Posso assistir ou ler qualquer coisa, posso ler os romances mais abominavelmente mal-escritos e malfeitos de Agatha Christie, mas quando alguém quer escrever tem de ser consciente de seus alcances. 99

Fonte: Novos Estudos (CEBRAP), *São Paulo, n°. 73, novembro 2005.*

JUAN JOSÉ SAER nasceu em 28 de junho de 1937, em Santa Fé, Argentina. Romancista, poeta e ensaísta, é considerado uma das máximas expressões da literatura argentina contemporânea. Sua vasta obra narrativa abarca quatro livros de contos – *En la zona* (1960), *Palo y hueso* (1965), *Unidad de lugar* (1967), *La mayor* (1976) – e dez romances – *Responso* (1964), *La vuelta completa* (1966), *Cicatrices* (1969), *El limonero real* (1974), *Nadie nada nunca* (1980), *El entenado* (1983), *Glosa* (1985), *La ocasión* (1986, Premio Nadal), *Lo imborrable* (1992) e *La pesquisa* (1994). Em 1983 publicou *Narraciones*, antologia em dois volumes de seus relatos. Em 1986, lançou *Juan José Saer por Juan José Saer*, seleção de textos seguida de um estudo de María Teresa Gramuglio, e, em 1988, publicou *Para una literatura sin tributos*, conjunto de artigos e conferências ocorridas na França. Em 1991, publicou o ensaio *El río sin orillas*, com grande repercussão na crítica, e em 1997, *El concepto de ficción*. Sua produção poética está compilada na obra *El arte de narrar* (1977), um título paradoxal que expressa, talvez, o intento constante do autor de "combinar poesía y narración", em suas palavras. Foi traduzido para o francês, inglês, alemão, italiano e português. Ricardo Piglia acha que dizer que ele "é o melhor escritor argentino atual é uma maneira de desmerecer sua obra. Seria preciso dizer, para ser mais exato, que Saer é um do melhores escritores atuais em qualquer língua". Embora pouco conhecido no Brasil, ele foi colaborador assíduo do "Caderno Mais!" da *Folha de São Paulo* e conta com quatro livros publicados em português: *Ninguém nada nunca* (1997), *A pesquisa* (1999) e *A ocasião* (2005), os três pela Companhia das Letras, e *O entenado* (Iluminuras, 2002), extraordinário romance que faz da antropofagia um dos núcleos temáticos da narrativa. Faleceu em 11 de junho de 2005, em Paris.

JULIO CORTÁZAR
Julio Florencio Cortázar

> O conto é como a fotografia. O romance como o cinema.
>
> *Fonte: AMALFI, Francis.* El taller de los escritores: inspiraciones sobre el arte de escribir, la literatura y la vida. *Barcelona: Editorial Océano, 2005.*

―――――― ∽✥∾ ――――――

JULIO FLORENCIO CORTÁZAR nasceu em 1914, acidentalmente, em Bruxelas, Bélgica, e aos quatro anos retornou com seus pais a Buenos Aires, Argentina. A partir de 1951 passou a viver em Paris, fugindo do peronismo. Logo, o escritor tido como portenho e parisiense não é uma coisa nem outra. Sua nacionalidade é misteriosa como sua literatura. Numa classificação superficial, tem sido arrolado entre os papas do realismo fantástico. No entanto, tal rótulo não esgota a complexidade de sua literatura. Escrevia desde criança, mas só publicou seu primeiro trabalho – *Presença,* uma coletânea de sonetos – aos 25 anos com o pseudônimo Julio Denis, com tiragem de 250 exemplares, um lançamento cuidadoso, de quem se preparava para vôos maiores. Antes disso, chegou a queimar dois ou três romances, um deles com 600 páginas. Como leitor aplicado de filosofia, foi influenciado no primeiro livro publicado com seu nome em 1949 – *Os reis* –, uma série de diálogos sobre o tema de Teseu e o Minotauro. Em 1951 publicou *Bestiário,* o primeiro livro de contos sem muita repercussão. Começou a ser conhecido com *Final de jogo,* lançado no México em 1956. Sua consagração, porém, se deu com *O jogo da amarelinha* (1963), romance que inaugurou um novo modo de fazer literatura, do qual ele mesmo recomenda a leitura dos capítulos seguindo séries numéricas, saltando trechos, lendo de trás para frente etc. Devido à sua condição de escritor engajado por excelência, esse livro embalou os sonhos de uma geração de jovens em busca de justiça social em toda a América Latina. Politicamente, o autor também foi um mistério, devido à fragilidade dos rótulos da época, pois, para a CIA, tratava-se de um perigoso esquerdista a soldo da KGB, enquanto esta o considerava um notório agente do imperialismo a soldo da CIA e perigoso agitador anti-soviético, já que denunciava as prisões, em Moscou, dos chamados dissidentes. Para muitos críticos, sua maior obra é *O livro de Manuel* (1973), o mergulho mais fundo na alma do escritor e em suas convicções literárias. Tem diversos livros editados no Brasil, além dos citados: *Os prêmios* (1970), *Todos os fogos o fogo* (1972), *Histórias de cronópios e de famas* (1973), *Prosa do observatório* (1974), *Octaedro* (1975), *Orientação aos gatos* (1981), *Fora de hora* (1985), *Nicarágua tão violentamente doce* (1987) e *As autonautas da cosmopista* (1991). Em 1999, foi lançada uma coletânea de sua produção na área da crítica literária: *Julio Cortázar – obra crítica*. Conforme Danilo Corci, "Cortázar reinventou o Fantástico do escritor norte-americano Edgar Allan Poe e sua Filosofia da Composição. Como nos textos do norte-americano, ele foi a fundo na tentativa de usar a brevidade, de usar todas as ambivalências necessárias para criar seus trabalhos, tudo cuidadosamente pensado para criar a unidade de efeito final". No ano seguinte, foi lançada uma biografia escrita pelo seu conterrâneo e colega Mario Goloboff, que resgata a trajetória do escritor numa obra que encara o fantástico e o real em sua vida: *Julio Cortázar – la biografia* (Editora Seix Barral, 2000). Faleceu em 12 de fevereiro de 1984.

KAZUO ISHIGURO
Kazuo Ishiguro

> Eu tenho uma relação de amor/ódio com a idéia de transformarem meus livros em filmes. Logo que comecei a escrever, quando ainda não podia me sustentar com meus livros, escrevi alguns especiais para a TV, no Channel 4. Eles tiveram um efeito estranho em mim. Tornei-me muito consciente de que separava um roteiro de um romance. Meu primeiro livro saiu quase como um roteiro, o que me deixou bastante insatisfeito. Passei então a me preocupar em criar algo que fosse impossível de ser duplicado. Achava que se um romance deveria ter ainda alguma importância, deveria bastar por si só, oferecendo algo que não pudesse ser obtido de outra forma. Em suma, queria escrever livros 'infilmáveis'. Quando cheguei a *Vestígios do dia*, estava convencido de ter atingindo meu objetivo. Mas, para minha surpresa, fizeram um bom filme dele.

Fonte: SCHIMID, Adriano. O Estado de São Paulo,
3 de novembro de 1995.

KAZUO ISHIGURO nasceu em Nagasaki, Japão, em 1954. Escritor e roteirista nipo-britânico dos mais prestigiados da língua inglesa, mudou-se para a Inglaterra quando tinha seis anos. Ex-cantor de rock, nunca pensou em ser escritor até fazer um curso de redação criativa com o escritor Malcom Bradbury. Seu primeiro romance *A pale view of hills* (1982) foi recebido como uma obra-prima de um talentoso estreante. O romance seguinte – *The remains of the day* – arrebatou o Booker Prize (1989) e foi adaptado para o cinema por James Ivory, em 1993, e estrelado por Anthony Hopkins e Emma Thompson, fato que contribuiu para consagrar o escritor. Segundo Patrícia Kogut, o tema recorrente em sua obra é a intercomunicabilidade entre as pessoas, responsável por um isolamento desesperador e inevitável. Faz uma reflexão sobre as causas da infelicidade e impossibilidade de reparar erros do passado. Sua obra vem sendo traduzida para mais de 30 países, e o romance *Não me abandoe jamais* (Cia. das Letras, 2005) foi incluído na lista dos 100 melhores romances de todos os tempos da revista *Time*. Quase todos seus livros têm sido traduzidos no Brasil: *Uma pálida visão do mundo* (Rocco, 1988); *Um artista do mundo flutuante* (Rocco, 1989); *O desconsolado* (Rocco, 1995); e *Os resíduos do dia* (Cia. das Letras, 2003).

MANUEL PUIG
Manuel Puig

" Fazer cinema pressupunha que se trabalhasse muito com os meios que o cinema oferece, e foi o que comecei a fazer como assistente de direção de De Sica, de René Clement, fiz o que se chama de um estágio, mas não tardei a notar que eu não estava à vontade nesse ambiente... era um lugar de muitas tensões, as ilusões brotavam depois de montado o filme, mas era durante a manufatura, a produção do filme, que se fazia necessário impor-se, exercer o comando como uma autoridade, coisa da qual eu não estava consciente, e meu grande problema justamente era o de me transformar despoticamente em autoridade, o que eu mais queria *observar*. Eu ansiava por fazer um filme, não por identificar-me com os personagens, eu queria criar a história da película, a trama. De um lado eu me sentia instintivamente repelido pelas figuras masculinas autoritárias, fortes, não conseguia me identificar com elas. De outro, com as figuras femininas, submissas, também eu sentia problemas, de modo que eu ficava no limbo! E enquanto eu tomava contato com esse mundo, escrevia roteiros, em inglês, que eram cópias de filmes que eu tinha visto. O que me interessava no cinema era reviver, prolongar horas de espectador cinematográfico infantil... sentir-me de novo menino que se refugia da realidade circundante protegido pela realidade maior da ficção. Mas eu não estava ainda consciente disso. Depois me cansei dessa operação-fuga. Embora copiar me desse prazer, mas eu já estava perto de completar 30 anos de idade, meus scripts não interessavam nem agradavam a ninguém, já tinham passado de moda, hoje obteriam outro tipo de leitura, quem sabe? "

Fonte: RIBEIRO, Leo Gilson. O continente submerso.
São Paulo: Ed. Best Seller, 1988.

MANUEL PUIG nasceu em 28 de dezembro de 1932, em Buenos Aires, Argentina. Escritor e dramaturgo que queria ser cineasta, mas que não conseguiu, segundo ele mesmo, devido à falta de autoridade necessária a um diretor de cinema. Logo que concluiu o curso de Filosofia, foi para Roma, em 1956, estudar no Centro Experimental de Cinema. Entre 1961-1962 trabalhou como assistente de direção, mas logo desanimou e partiu para Nova York em 1963, onde começou a escrever seu primeiro romance: *A traição de Rita Hayworth* (1968). O livro ganhou dois prêmios: Prêmio Biblioteca Breve da Editorial Seix Barral e Melhor Romance do período 1968-1969, concedido pelo jornal *Le Monde*, de Paris. Em 1967 retorna a Buenos Aires e passa a viver em constante luta contra a censura. Publica *Boquitas pintadas* (1969), que se tornou imediatamente em *best-seller* e *The Buenos Aires affair* (1973). Depois de receber repetidas ameaças por telefone, transferiu-se para a Cidade do México, onde concluiu *O beijo da mulher aranha* (1976). Em 1981, passa a morar no Rio de Janeiro e se dá muito bem com a vida carioca. Em contato com seu conterrâneo Hector Babenco, trabalha na adaptação de *O beijo...* para o cinema e torna-se um autor consagrado mundialmente. O filme deu a William Hurt o prêmio de melhor ator do ano. Além do filme, o romance rendeu também uma ópera musical e uma peça teatral, que permaneceu muito tempo em cartaz e ganhou todos os prêmios importantes da crítica especializada. Outras peças encenadas: *Bajo un manto de estrellas* (1983); *La cara de villano* (1985); *Recuerdos de Tijuana* (1985). Seu último livro publicado foi *Cai a noite tropical* (1988). Um ano depois de publicá-lo, Puig deixa o Rio de Janeiro para voltar ao México, onde vai morar com sua mãe em Cuernavaca, e começa a escrever a novela *Humedad relativa: 95%*, mas não chegou a concluí-la. Faleceu em 22 de julho de 1990.

MANUEL VÁZQUEZ MONTALBÁN
Manuel Vázquez Montalbán

> Tenho um conselho a lhe dar: não as veja (adaptações de meus livros). Continue lendo meus livros, mas não veja como os levam para a tela. Não gosto nada dessas versões. Aliás, não estou sozinho nisso. Poucos escritores toleram o que fazem dos seus livros quando os adaptam para o cinema ou para a TV. Eu me pergunto o que o pobre Kafka acharia da versão que Orson Wells fez de *O processo*. No entanto, acho o filme admirável... E se Proust, se estivesse vivo para ver o que fizeram de *Em busca do tempo perdido*? Bem, a lista seria interminável. O fato é que a literatura levada para o cinema não costuma dar certo. Pelo menos os autores das obras sentem assim e eu não sou exceção.

Fonte: ORICCHIO, Luiz Zanin. O Estado de São Paulo,
21 de novembro de 1999.

MANUEL VÁZQUEZ MONTALBÁN nasceu em Barcelona, Espanha, em 1939. Poeta, ensaísta, jornalista, dramaturgo e romancista expoente da literatura espanhola, conhecido, sobretudo, pela série de romances policiais. Contudo, curiosamente, não era aficionado deste gênero literário, em que a tônica é o mistério. Interessara-lhe particularmente o romance *noir* americano da década de 1920, que adaptou ao seu próprio estilo de fundir literatura e memória mesclado com uma dose de crítica social: "Procuro questionar os problemas sociais e revitalizar a memória histórica, ameaçada de desaparecer". Tal objetivo se expressa em *O profeta impuro* (1995), que trata da vida de Jesus Galíndez, um nacionalista basco, de vida controversa, que passou a trabalhar para o FBI e para a CIA. Não se sabe até agora por que esta obra não foi filmada, pois contém elementos que daria um bom filme. Galíndez foi seqüestrado em 1956, em plena Quinta Avenida de Nova York e enviado à República Dominicana para ser torturado e assassinado pelo General Trujillo. Autor de extensa obra – seu primeiro livro é de poesia: *Una educación sentimental (1967)* –, tem mais de 30 livros traduzidos em diversos idiomas. Em português, podem-se encontrar: *O estrangulador, Os mares do sul, Autobiografia do General Franco, O quinteto de Buenos Aires, Carmen posadas* e *pequenas infâmias*. Em 1972, criou o detetive "Pepe Carvalho", uma espécie de alter-ego, que protagonizou diversas obras e ficou conhecido em todo o mundo. Foi agraciado com importantes prêmios espanhóis e europeus como o Nacional de Literatura, Planeta, Raymond Chandler, Europa e o Nacional de la Crítica. Participou ativamente na política em oposição ao regime franquista e integrou o Partido Socialista Unificado de Cataluña (comunista), sendo condenado a três anos de prisão em 1962. Desde essa época, teve participação sociopolítica na imprensa e nos movimentos sociais. Em 2002, foi um dos principais convidados do Fórum Social Mundial, em Porto Alegre, e um dos articulistas mais destacados do jornal *El País* até 18 de outubro de 2003, quando veio a falecer repentinamente.

MARCELO MAROLDI
Marcelo Maroldi

" Foi quando assisti a versão cinematográfica de *Lavoura arcaica* que descobri que o cinema e a literatura podem ser quase a mesma coisa. Este filme é uma grande prova de que livros sensacionais podem originar filmes sensacionais. Há trechos inteiros do livro falados no filme, sem alteração. Todo aquele discurso duro e pesadíssimo do livro é captado de maneira brilhante também no filme. Eu, que sempre considerei o cinema muito inferior à literatura enquanto arte, fiquei surpreendentemente contente. Ainda não os comparo, mas acredito que o cinema pode encurtar o abismo que hoje ainda os separa. Vamos torcer para que aconteça. Seria bom para os dois... "

Fonte: Depoimento obtido pelo organizador em 29 de março de 2007.

MARCELO MAROLDI nasceu em 24 de janeiro de 1978, em São Carlos, SP. Jornalista e escritor. Embora trabalhe no setor de tecnologia, estudou também filosofia e teologia, além de ser um leitor ávido por literatura. Colaborou com publicações impressas, como jornais, livros, revistas e suplementos literários, mas descobriu-se mais confortável escrevendo para a internet, onde contribui para com diversos periódicos, revistas, portais jornalísticos e, principalmente, literários.

MARGUERITE DURAS
Marguerite Donnadieu

> Eu sou uma assassina do cinema. Eu detesto o cinema. Ele é o lugar mais distante das letras e da linguagem.
>
> *Fonte: COSTA, Cristiane; BOURRIER, Any.* Jornal do Brasil, *4 de março de 1996.*

> Faço isso normalmente (combinação da literatura com o cinema e o teatro). O segredo é só descobrir que são atividades semelhantes. O cinema, a literatura, o relacionamento amoroso, a amizade profunda, tudo isso é muito parecido. Quando dirijo uma peça de teatro, eu escrevo.
>
> *Fonte: LEITE, Paulo Moreira.* Veja, *17 de setembro de 1985.*

MARGUERITE DONNADIEU nasceu em 4 de abril de 1914, na antiga Conchinchina, e deixou Saigon aos 18 anos para estudar Direito em Paris. Escritora, cineasta e dramaturga, escreveu 34 romances, 12 peças e dirigiu 19 filmes. A partir de 1943, passou a viver exclusivamente da literatura, com muitas incursões no cinema. Neste mesmo ano entrou para a Resistência Francesa e militou ao lado do ex-presidente François Mitterrand contra o nazismo. Segundo Cristiane Costa, "seu estilo anticonvencional derrubou as fronteiras entre o narrador, o leitor e o autor, e deu início a uma nova escola, chamada de 'Nouveau Roman'". Em 1984, recordou sua juventude com *O amante*, que lhe valeu o principal prêmio literário francês, o Goncourt, e que foi publicado em mais de 40 idiomas. É apontada como a maior escritora contemporânea da França e a mais estudada nas universidades. Quase 200 teses foram escritas sobre sua obra na França e nos Estados Unidos. Entre suas obras destacam-se: *O deslumbramento* (1964), *A dor* (1985), *Olhos azuis* (1986), *Chuva de verão* (1990) e *Yan Andrea Steiner* (1992). No cinema, temos *Hiroshima mon amour*, *O amante*, *Moderato contabile*, *Índia song*, *Nathalie Granger* etc. Jean-Luc Godard considerava-a uma das "cabeças mais instigantes do cinema". Faleceu em 1996.

MARIO VARGAS LLOSA
Jorge Mario Pedro Vargas Llosa

> Não (a literatura não deve nada ao cinema e à televisão). Temos honrosas exceções como é o caso de Manuel Puig e Guillermo Cabrera Infante, que utilizaram o cinema para fazer grande literatura. A grande diferença entre a literatura clássica e a moderna é que nesta última o tempo transcorre veloz e deixa inúteis os intervalos. Aí é que está fundamentalmente a influência da imagem. O cinema nos ensinou um tratamento de tempo que antes era inconcebível. Vivemos mais rápido e construímos romances em que o tempo se sintoniza e a história é narrada por meio de retrocessos e avanços temporais. Felizmente a história da literatura não acontece como no mundo industrial, em que um produto novo aniquila o anterior – a literatura moderna não derruba as obras clássicas. Assim, o surgimento de Joyce não acaba de maneira alguma com Cervantes e aí está sua riqueza.

Fonte: BRASIL, Ubiratan. O Estado de São Paulo,
21 de novembro de 2004.

JORGE MARIO PEDRO VARGAS LLOSA nasceu em 28 de março de 1936, em Arequipa, Peru. Romancista do primeiro time dos grandes escritores latino-americanos. Seu romance de estréia, *Bautismo de fuego* (1963), surpreendeu o mercado editorial; *Tia Julia e o escrevinhador* (1967) segue o mesmo curso; *Conversa na catedral* (1969), como se diz hoje, arrebentou. Depois vieram *Pantaleão e as visitadoras* (1973), *A guerra do fim do mundo* (1981), que conta a história de nossa Canudos, e *Lituma en los Andes* (1996). Em 1990 quis ser presidente do Peru, mas perdeu para Fujimori e diz que não se mete mais em política. Reconheceu que não tem talento para a política profissional. Seu talento é mesmo para literatura, reconhecido em diversas premiações: Prêmio Rômulo Galegos, Prêmio Príncipe de Astúrias e Prêmio Cervantes, dentre outros. Em 1998 resolveu contribuir com os jovens escritores à maneira de Rilke e escreveu *Cartas a un joven novelista*. Em 2000 publicou *A festa do bode*, relato romanceado dos últimos dias do ditador da República Dominicana, Rafael Trujillo. Em 2003 lançou mais um romance *best-seller: El paraíso en la otra esquina*, que trata da vida de Flora Tristán, avó do pintor Paul Gaugin e uma das precursoras do movimento feminista. Em 2006, lançou *Travessuras da menina má* (Alfaguara, 2006) e no ano seguinte retoma uma antiga paixão: O teatro, lançando *La verdad de las mentiras*, uma peça exibida com sucesso em Madrid, Santiago e Lima. "Se em Lima dos anos 1950, quando comecei a escrever, houvesse um movimento teatral, é provável que em vez de romancista, tivesse sido um dramaturgo", declarou.

MOACYR SCLIAR
Moacyr Jaime Scliar

> Sou vidrado em cinema. Trata-se da grande arte narrativa do nosso tempo. O que um livro precisa de 400, 500 páginas para contar, o cinema conta em duas horas – isso é uma coisa que eu invejo profundamente. Eu gosto muito do Woody Allen judaico, não quando ele se mete a Bergman. Gosto também do Stanley Kubrick, do Ettore Scola... Dois contos meus viraram curtas, alguns outros foram feitos para a TV. Agora, por coincidência, esteve aqui o cineasta André Sturm, que quer fazer um longa do *Sonhos tropicais*, o que me pareceu uma idéia muito boa. Hoje assinei a opção para ele fazer o filme.

Fonte: SCHWARTZ, Adriano. Folha de São Paulo,
4 de fevereiro de 1996.

MOACYR JAIME SCLIAR nasceu em 23 de março de 1937, em Porto Alegre, RS. Médico e escritor, com livros publicados em diversos países. Jon Tolman, crítico do *The Literary Review*, faz referências elogiosas ao autor: "Suas histórias são freqüentemente fantásticas, tratam situações improváveis com uma desarmante linguagem coloquial". Seu primeiro livro de contos, *Histórias de médico em formação*, saiu em 1962. Tem 62 livros publicados e participa das principais coletâneas de contos já editadas no Brasil. Ainda atua como médico, desenvolvendo projetos para a Secretaria da Saúde, e mantém coluna semanal nos jornais *Folha de S.Paulo* e *Zero Hora* e na revista *Veja*. Já recebeu o Prêmio Jabuti (1988 e 1993), Casa de las Américas (1989) e o Prêmio da Associação Paulista de Críticos de Arte. Alguns de seus livros: *O carnaval dos animais* (1968), *A guerra do bom fim* (1972), *O ciclo das águas* (1975), *Histórias da terra trêmula* (1976), *Mês de cães danados* (1977), *O centauro no jardim* (1980), *Cenas da vida minúscula* (1991), *Sonhos tropicais* (1992), *A majestade do Xingu* (1997),

A mulher que escreveu a Bíblia (1999) etc. Freqüentemente é identificado como escritor de temática judaica, mas ele prefere não atribuir rótulos ao que escreve. Em 2001 partiu para um trabalho de pesquisa sobre a melancolia ao longo da história do Brasil e publicou *Tristeza não tem fim*, ensaio em que navega entre a medicina, a história, a sociologia e a literatura. Em 2003 o trabalho resultou noutro livro: *Saturno nos trópicos*, em que o autor estende a pesquisa sobre a melancolia no Ocidente e aprofunda seu caráter brasileiro. No mesmo ano entrou para a Academia Brasileira de Letras e propôs o voto popular para eleger um imortal. Ele foi indicado por um abaixo-assinado subscrito por 8 mil moradores de Porto Alegre. Seus lançamentos mais recentes são *Na noite do ventre, o diamante* (2005) e *Vendilhões do templo* (2006). Além de escritor prolífico, é professor de Medicina Preventiva da FFFCMPA (Fundação Faculdade Federal de Ciências Médicas de Porto Alegre).

MONTEIRO LOBATO
José Bento Monteiro Lobato

> Não há cinema brasileiro, nem pode haver, porque o cinema é uma arte industrial só possível nos países de grande desenvolvimento econômico, como os Estados Unidos, e que, conseqüentemente, disponham de grande campo de exibição, altamente remunerativo. O segredo da vitória do cinema americano está nos 40 mil teatros de exibição de filmes lá existentes, com freqüência diária de milhões de espectadores. Não havendo aqui este fundo econômico, o nosso cinema terá de perpetuar-se no que é e tem sido: o sonho do Barreto. Se a nossa literatura se presta para o cinema como o que temos? Coitadinha... Pelo que já vi, acho que as obras a serem postas em fita devem ser a dos nossos inimigos. Jamais nos regalaremos com maior vingança...

Fonte: LOBATO, Monteiro. Prefácios e entrevistas. (vol. 13 – Obras completas). São Paulo: Editora Brasiliense, 1957, p. 182.

JOSÉ BENTO MONTEIRO LOBATO paulista de Taubaté, nasceu em 18 de abril de 1882. O mais famoso autor da literatura infanto-juvenil nacional foi também o precursor da editoração em nível industrial no Brasil. Defensor insubornável dos interesses nacionais, foi adido comercial do Brasil em Nova York, de 1927 a 1931, e fundador da Companhia de Petróleo do Brasil. Como escritor, além de tantos méritos, é tido como o descobridor da realidade do interior do Brasil. Seus primeiros livros – *Urupês, Jeca Tatu* e *Cidades mortas* – surgiram em 1919. Com *Reinações de Narizinho*, obra iniciada em 1931, foi consagrado pelo público. As obras infantis foram reunidas em 17 volumes publicados pela Editora Brasiliense, que compreenderam, entre outros: *Viagem ao céu, História do mundo para crianças, Memória de Emília, O poço do Visconde* etc. As famosas histórias do

Sítio do Picapau Amarelo se transformaram numa concorrida série apresentada na TV Cultura durante muito tempo. Numa conversa sobre literatura com seu amigo Godofredo Rangel, declarou: "Somos vítimas de um destino, Rangel, nascemos para perseguir a borboleta de asas de fogo. Se a não pegarmos, seremos infelizes; e se a pegarmos, lá se nos queimam as mãos". Escreveu 23 livros, com quase 1,3 milhão de exemplares. Faleceu em 5 de julho de 1948.

NADINE GORDIMER
Nadine Gordimer

> De tempos em tempos, alguém aparece querendo filmar a minha obra. Sempre recuso as propostas. Há uns oito anos, porém, gravaram uma série de televisão com uma adaptação de uns contos meus. Ficou muito bom, porque o diretor e o elenco eram sul-africanos. Não gostaria de ter um livro meu adaptado em Hollywood.

Fonte: KOGUT, Patrícia. O Globo, 16 de novembro de 1996.

NADINE GORDIMER nasceu em Johannesburg, África do Sul, em 1923. Romancista, contista e ensaísta laureada com o Prêmio Nobel em 1991, é uma das destacadas ativistas pelas lutas contra o *apartheid* em seu país. A temática política é uma constante em toda a sua obra desde a publicação de *The lying days* (1953) até *O engate* (2004), passando por *A world of strangers* (1958); *Occasion for loving* (1963); *The late burgeois world* (1966); *A guest of honour* (1970); *The conservacionist* (1974), vencedor do Book Prize; *Burger's daughter* (1979); *A sport of nature* (1987); *My son's story* (1990); *None to accompany me* (1994); *The house gun* (1998) e *Get a life* (2005). Disse, numa entrevista, que o dia em que se sentira mais orgulhosa na sua vida não fora quando recebeu o Nobel, mas quando, em 1986, testemunhara num julgamento para salvar as vidas de 22 membros do ANC (Congresso Nacional Africano) acusados de traição. No Brasil foram publicados os romances *A arma da casa* (2000); *O engate* (2004); *Ninguém para me acompanhar* (1996); *De volta à vida* (2007) e *Contando histórias* (2007), pela Cia. das Letras; e *A filha de Burger* (1999); *O pessoal de July* (1988); *Uma mulher sem igual* (1989) e *O gesto essencial* (1997), pela Editora Rocco. Em julho de 2007 esteve no Brasil, participando da V FLIP – Festa Internacional do Livro de Paraty.

NELSON PEREIRA DOS SANTOS
Nelson Pereira dos Santos

> No meu filme (*Memórias do cárcere*), nem Graciliano é tratado como retrato biográfico. No livro, há quase 300 personagens. No filme tive que reduzi-los drasticamente, senão, ao invés de três horas, teríamos dez. Por isso, há personagens que somam dois, três ou quatro do livro. Graciliano, antes de escrever *Memórias do cárcere*, conta que hesitou muito, por ter perdido as notas apontadas na prisão. Ele ficava preocupado, pois falaria de pessoas reais. Só dez anos depois começou a escrever o livro. Eu, como cineasta que não viveu os episódios de 1935/1936, senti-me livre para, baseado no livro, construir uma metáfora sobre a prisão. Em *Memórias do cárcere* (filme), só Graciliano, dona Heloísa, Sobral Pinto, Luis Carlos Prestes, Olga Benário – personagens históricos importantes naquele tempo – têm seus próprios nomes. Os outros nomes são fictícios. Ninguém deve ver meu filme como um documentário da época. Inclusive, dona Beatriz Bandeira gostou muito do resultado geral e ressaltou seu caráter ficcional.
>
> Fonte: CAETANO, Maria do Rosário. Cineastas latino-americanos: entrevistas e filmes. São Paulo: Estação Liberdade, 1997.

NELSON PEREIRA DOS SANTOS nasceu em 28 de outubro de 1928, em São Paulo. Advogado, jornalista, cineasta, fundador do Cinema Novo e guru de quase todos os cineastas brasileiros desde meados do século passado. Em 1952 adquire a cidadania carioca e, como assistente, passa a trabalhar em chanchadas como *Agulha no palheiro* (1953) e *Balança mas não cai* (1953). Seu primeiro filme é *Rio 40 graus* (1955), propondo uma genuína estética nacional anunciando o Cinema Novo. Na condição de roteirista, diretor, produtor ou co-produtor já realizou mais de 20 filmes, entre os quais destacamos alguns premiados: *Rio, zona norte* (1957); *Boca de ouro* (1962); *Vidas secas* (1963); *Azillo muito louco* (1970); *Como era gostoso meu francês* (1971); *Amuleto de Ogum* (1974); *Tenda dos milagres* (1977); *Memórias do cárcere* (1984) e *A terceira margem do rio* (1994). Em 2005, a Academia Brasileira de Letras prestou-lhe uma homenagem especial no ciclo "A Literatura Brasileira no Cinema" e, no ano seguinte, recebe-o como acadêmico, o primeiro cineasta a ocupar uma cadeira naquela casa. Por uma ironia do destino, ocupou a cadeira que já foi de Castro Alves, sobre quem corre um boato de que foi seu amigo encarnado em Glauber Rocha. É professor universitário aposentado e professor-visitante de algumas universidades estrangeiras; tem uma vasta coleção de prêmios, condecorações e títulos; fundou a Associação Brasileira de Cineastas; é conselheiro da Fundação do Novo Cinema Latino-Americano e membro do Conselho Estadual de Cultura do Rio de Janeiro. Há uns 10 anos declarou que não estava mais interessado em ficção cinematográfica e passou a se dedicar à realização de documentários: *Casa grande & senzala* (2000); *Meu compadre Zé Ketti* (2001); *Raízes do Brasil: uma cinebiografia de Sérgio Buarque de Hollanda* (2004) e *Português, a língua do Brasil* (2007). Mas, antes de se aposentar como ficcionista, pretende realizar o filme *Guerra e liberdade*, que tem a Guerra do Paraguai como pano de fundo e que "retrata a procura de liberdade especialmente pelos escravos, que ao voltarem da luta como soldados, deveriam ser cidadão livres". Seu filme mais recente é *Brasília 18%*, uma trama sobre mentiras e corrupção ambientada na capital da República.

NELSON RODRIGUES
Nelson Falcão Rodrigues

> A partir do momento em que uma imagem aparece e desaparece, ela perde para a linguagem escrita, que perdura. Esse é um aspecto fundamental do problema, que deveria colaborar para tornar os dois gêneros coexistentes. Fazendo um jogo de palavras, diria que a leitura é sobretudo a releitura. Reli muitas vezes *Crime e castigo*, *Os irmãos Karamazov*, *Ana Karenina*, Machado de Assis, porque apenas a leitura não basta. É preciso a releitura, para que haja uma relação mais profunda entre o leitor e o que ele lê. Com a televisão, com a imagem, isso não é possível. A leitura é mais inteligente, porque estabelece não só uma relação mais profunda, como também uma intimidade maior entre o leitor e o livro. O texto literário continuará existindo daqui a 1.200 anos. Ele não morre, porque se ele morrer o mundo começará a morrer junto.

Fonte: MOTA, Lourenço Dantas. O Estado de São Paulo, 10 de setembro de 1978.

> Não (as adaptações de minhas peças para o cinema não têm conseguido traduzir exatamente a atmosfera e o conteúdo de minhas idéias). Nem chegaram próximo. Os que mais se aproximaram foram *O boca de ouro*, de Nélson Pereira dos Santos, e *Toda nudez será castigada*, de Arnaldo Jabor, este último, um cineasta que tem procurado entrar no profundo e essencial de minhas peças. Já *A falecida*, de Leon Hirszman, com uma produção muita cuidada e um desempenho magnífico de Fernanda Montenegro, teve um pecado capital: não levou para as telas o meu humor. Na minha obra, o humorístico existe paralelo ao patético. São duas formas que não se competem e coexistem.

Fonte: MORAES, Denise. Ele & Ela, n°. 28, junho de 1993.

NELSON FALCÃO RODRIGUES nasceu em 23 de agosto de 1912, no Recife, Pernambuco. Jornalista, cronista, romancista e dramaturgo, é considerado o iniciador do teatro moderno brasileiro. Aos quatro anos a família se muda para o Rio de Janeiro, para se juntar ao pai Mário Rodrigues, deputado e jornalista que deixou o Recife indisposto com os políticos tradicionais. Aos oito, participou de um concurso de redação na escola. O tema era livre e o melhor trabalho seria lido em voz alta. A professora quase desmaiou ao ver sua redação: era uma história de adultério. Na infância suas leituras eram de adulto, romances em que a temática era uma só: a morte punindo o sexo ou o sexo punindo a morte. Aos 13 anos "botou calças compridas" para trabalhar como repórter de polícia no jornal de seu pai *A Manhã*, onde também trabalhavam alguns de seus 13 irmãos. No jornal manteve contato com colaboradores ilustres: Monteiro Lobato, Agripino Griecco, Ronald de Carvalho, José do Patrocínio, Apparício Torelly etc. O jovem jornalista impressionou os colegas com sua facilidade em dramatizar pequenos acontecimentos. Em 1931 Roberto Marinho convida seu irmão Mário Filho (que dá nome ao Estádio do Maracanã) para assumir a página de esportes. Em 1932 Nelson também é contratado com um ordenado de 500 mil réis por mês. Com uma vida desregrada e fumando muito, contraiu uma tuberculose e ficou 14 meses, entre 1934-1935, internado em Campos do Jordão, para onde retornaria outras vezes. Casou-se com Elza Bretanha, também jornalista, em 1940, e foi morar no subúrbio, levando uma vida de penúria. Um dia, ao passar em frente ao Teatro Rival, viu uma enorme fila para assistir *A família Lerolero*, de R. Magalhães Júnior, e ouviu o comentário: "Esta chanchada está rendendo os tubos". Parou e pensou: por que não escrever teatro? Em meados de 1941 é concluída sua primeira peça: *A mulher sem pecado*, que só foi encenada no fim de 1942. Não foi um sucesso de público, mas alguns críticos elogiaram. No ano seguinte, escreve *Vestido de noiva* e distribui cópias entre os jornalistas, críticos e amigos. Manuel Bandeira elogiou e, com este aporte, conseguiu elogios em quase todos os jornais. Falavam que a peça era muito complexa e que exigia um cenário de alto custo, portanto, dificilmente alguém se proporia a encená-la, até que a peça caiu nas mãos de Zbignew Ziembinski, um ator e diretor polonês recém-chegado ao Brasil. "Não conheço nada no teatro mundial que se pareça com isso", foi o comentário de Ziembinski. A partir daí fica famoso, odiado e amado pela crítica e pelo público. Trabalha por anos na revista *O Cruzeiro*, onde cria folhetins com o pseudônimo Suzana Flag, e em diversos jornais. Nos anos seguintes, no entanto, teve suas peças interditadas pela censura; passou a ser sinônimo de obsceno, tarado e ficou conhecido como autor maldito. Fanático torcedor do Fluminense, foi um grande cronista esportivo, ao mesmo tempo em que escrevia reportagens policiais e folhetins romanescos. Obsessivo, escreveu 17 peças, centenas de contos e nove romances. Entre as peças, destacam-se *Álbum de família* (1946), *Senhora dos afogados* (1947), *A falecida* (1953), *Os sete gatinhos* (1958), *Boca de ouro* (1959), *Beijo no asfalto* (1960), *Toda nudez será castigada* (1965) e *A serpente* (1978). Entre romances, contos e crônicas, temos: *Asfalto selvagem* (1960), *O casamento* (1966), *Cem contos escolhidos – A vida como ela é...*, (1961), *O óbvio ululante*, (1968), *A cabra vadia* (1970). Em fins de 1977, com pouca saúde, reuniu algumas crônicas e publicou seu último livro: *O reacionário*. Mesmo doente, aceitou um convite para fazer o lançamento numa livraria em Florianópolis. Como não viajava de avião, foram 15 horas de carro junto com uma irmã, que lhe servira como enfermeira. Passou a tarde inteira sentado ao lado de uma pilha de livros, de caneta em punho, aguardando a chegada dos interessados num autógrafo. Não apareceu ninguém, nenhum livro vendido naquela tarde. A viagem de volta foi marcada por um silêncio constrangedor, o qual marcou seus últimos anos de vida. Faleceu em 21 de dezembro de 1980, manhã de domingo. À tarde a seleção brasileira jogaria contra a Suíça, em Cuiabá. No meio da partida, o Brasil inteiro assistiu pela TV o juiz Arnaldo César Coelho interrompendo o jogo com um minuto de silêncio para homenagear o grande dramaturgo e apaixonado pelo futebol.

NORMAN MAILER
Norman Kingsley Mailer

> Odiei todos os filmes adaptados de obras minhas. A exceção é *A canção do carrasco*. Mas no caso, quem escreveu o roteiro fui eu. *Os machões não dançam* eu mesmo dirigi, portanto eu gosto. Mas o meu melhor filme é *Maidstone*, uma produção underground que filmei em 1968. Era muito ambicioso, com 45 horas de material filmado, reduzido a um filme de uma hora e meia. Uma meia-dúzia de críticos gostou do filme, mas *Maidstone* nunca foi um sucesso. É a bilheteria quem determina a carreira de um diretor.

Fonte: SILVESTRE, Edney. O Globo, 28 de março de 1993.

> Escrevi alguns roteiros, fui bem pago por eles, mas a maioria não chegou a ser produzida. Custa muito menos pagar por um roteiro que produzir um filme, então eles mandam escrever para depois decidir se vão ou não gastar mais dinheiro. Dos que foram produzidos, a não ser por *Canção do carrasco*, que rendeu um belo filme e me deu uma indicação ao Emmy de melhor roteiro, não posso apontar nenhum grande sucesso. Quanto a dirigir, eu adorava. Eu me divertia mais dirigindo filmes do que jamais o fiz escrevendo. Mas sempre fui um aprendiz no setor. Meus filmes não eram ruins, mas não vão mudar o mundo.

Fonte: BRAGA, João Ximenes. O Globo, 7 de fevereiro de 1998.

NORMAN KINGSLEY MAILER nasceu em Nova York, EUA, em 1923. Romancista, jornalista e cineasta, já foi o "enfant terrible" da literatura norte-americana, ao mesmo tempo em que é seu mais destacado crítico social com livros como *Um sonho americano*, *Os machões não dançam*, *O fantasma da prostituta*, e reportagens como: *A canção do carrasco* e *Os exércitos da noite*. Ficou célebre aos 25 anos com o lançamento de *Os nus e os mortos* (1948). Ganhou duas vezes o cobiçado Prêmio Pulitzer. Numa entrevista por ocasião do lançamento de seu livro, *O Evangelho segundo o Filho* (1997), disse: "fui casado seis vezes, esfaqueei minha segunda esposa, enganei todas as mulheres que amei, ou seja, quebrei a barreira da mídia e nenhuma revelação mais pode me afetar". Politicamente, define-se hoje como um "conservador de esquerda" e cai na gargalhada. Apaixonado por boxe, lançou *A luta* (1998), relato da luta entre Foreman e Ali em 1974, no Zaire. Em 2000 teve sua vida esmiuçada numa biografia de 478 páginas, escrita por Mary Dearborn: *Mailer: a biography* (Houghton Mifflin). Em 2003 resolveu festejar seus 80 anos com um novo livro de lições de literatura: *The spooky art: some thoughts about writing* (Random House). A primeira lição é "escreva apenas o que o interessar pessoalmente".

PAUL AUSTER
Paul Benjamin Auster

" A gente precisa se projetar e se expor no que escreve. Tem de ir ao céu ou ao inferno, doa a quem doer. A diferença é que ao escrever literatura você está sozinho. E ao escrever um filme participa de uma equipe. A individualidade é muito menos forte. Existe o produtor, o diretor, o ator. É um trabalho de equipe no qual tento, tanto quanto possível, imprimir minha marca. "

Fonte: MERTEN, Luiz Carlos. O Estado de São Paulo, 3 de novembro de 1995.

" Aposentei-me do cinema. Adorei fazer os filmes (*Cortina de fumaça*, *Sem fôlego* e *O mistério de Lulu*), mas é impossível se dedicar como um hobby. Não consigo escrever e filmar ao mesmo tempo, só que quase enlouqueço quando não estou escrevendo. Além disso, estou ficando velho, e ainda há muitos livros que quero fazer, então acho que vou passar o resto do tempo no meu quarto. "

Fonte: D'ÁVILA, Sérgio. Folha de São Paulo, 9 de novembro de 2002.

───────── ❧❧ ─────────

PAUL BENJAMIN AUSTER nasceu em Nova Jersey, EUA, em 1945. Romancista, ensaísta e cineasta. Quase todos os seus livros já foram traduzidos para o português: *O inventor da solidão* (1982), *Trilogia de Nova York* (1987), *Cidade de vidro* (1987), *Palácio da lua* (1989), *O país das últimas coisas* (1990), *Leviatã* (1992), *A arte da fome* (1996) etc. Como roteirista, escreveu *Cortina de fumaça* e *Sem fôlego*, dirigidos por Wayne Wang. No Festival de Cannes de 1998, estreou como diretor com o filme *O mistério de Lulu*. Descreve seu processo de criação como "vozes misteriosas que se dedica a ouvir e seguir". Em 1999 escreveu *Timbuktu*, uma história de amor sem cinismo entre um homem e um cão. Em 2002 aposentou-se do cinema por achar impossível se dedicar a ele como hobby. "Não consigo escrever e filmar ao mesmo tempo, só que quase enlouqueço quando não estou escrevendo. Além disso, estou ficando velho, e ainda há muitos livros que eu quero fazer." No mesmo ano lançou seu 10º romance: *O livro das ilusões,* uma história que se passa na Argentina. Seu último lançamento é *Travels in the scriptorium* (2007).

PEDRO ALMODÓVAR
Pedro Almodóvar Caballero

> Não (o cinema não é arte menor que a literatura), não é necessariamente uma arte menor. O que disse é que eu, como escritor e como cineasta, me encontro mais capacitado para o cinema. Mas, sem dúvida, acho que na literatura há mais amplitude para contar uma história, mais elementos. O fato de em um filme ter que se ver o que se está contando me parece que provoca certa limitação narrativa. Estava falando em termos especificamente dramáticos ou narrativos. Não havia valoração, porque um bom filme é um milagre e um bom romance também. Estava falando mais de técnicas.

Fonte: SCALZO, Fernando. Folha de São Paulo, 15 de outubro de 1995.

PEDRO ALMODÓVAR CABALLERO nasceu em 24 de setembro de 1951, em Calzada de Calatrava, La Mancha, Espanha. Cineasta, compositor e roteirista com algumas experiências como ator. De origem pobre, fez de tudo para sobreviver até se tornar cartunista, ator de teatro e cantor numa banda de rock, da qual participava travestido. Mas o que queria fazer era mesmo cinema, e não podendo bancar um curso de cinema, logo que pôde comprou uma Super-8 e começou a experimentar. Em seguida passou a experimentar filmagens em 16mm até 1980, quando conseguiu seu primeiro longa-metragem: *Pepi, Luci, Bom y otras chicas del montón*. Desde então, cinema tornou-se uma obsessão, no sentido de aperfeiçoá-lo o máximo possível, o que tem conseguido com seus filmes premiados em todo o mundo. Após *Labirinto de paixões* (1982) e *Matador* (1986), realizou *Mulheres à beira de um ataque de nervos* (1988), com o qual foi indicado ao Oscar de melhor filme estrangeiro, sendo o filme estrangeiro de maior bilheteria nos EUA em 1989. Na seqüência, realizou *Ata-me!* (1990), *Carne trêmula* (1997) e *Tudo sobre minha mãe* (1999), o grande sucesso mundial e vencedor do Oscar na categoria Melhor Filme Estrangeiro. Foi o primeiro espanhol a ser indicado ao Oscar de melhor diretor. Os filmes *Fale com ela* (2002); *A má educação* (2004) e *Volver* (2006) confirmam o prestígio do cineasta.

RICARDO PIGLIA
Ricardo Emilio Piglia Renzi

> As pessoas de minha geração foram muito marcadas pelo cinema, do mesmo modo que os jovens de hoje estão sendo marcados pela televisão. O cinema é um tipo de cultura que a pessoa tem sem pensar, pois começou a ver filmes aos 15 anos, de modo que é quase como o idioma. Eu via mais de três por semana. No verão, Mar del Plata tinha salas com excelente programação: uma pessoa acabava vendo toda a história do cinema perambulando pela cidade. Os cineastas foram muito importantes na minha literatura, e o mais importante foi Jean-Luc Godard, o artista que mais influiu em tudo o que eu faço. Em seguida vem Orson Wells. Me interesso muito por Win Wenders e gosto muito dos cineastas americanos clássicos. Sobre três relatos meus já se fizeram filmes para a TV, já escrevi dois roteiros e trabalhei em outros dois argumentos, que estão para ser filmados.

Fonte: NEGREIROS, José. O Globo, 5 de janeiro de 1992.

> Brinco às vezes dizendo que os grandes romances são aqueles que não podem ser levados ao cinema, aqueles que têm um nó próprio, inacessível ao cinema. Muitos escritores escrevem com a cabeça no cinema e fazem, muitas vezes, narrativas demasiado esquemáticas, pensando na fantasia dos filmes. Enquanto o que fiz foi desenvolver uma literatura muito verbal, muito ligada a certas formas de narrar específicas da literatura. Mas, ao mesmo tempo, trabalhei no cinema e tive várias experiências como roteirista. Mas sempre diferenciando claramente uma atividade da outra.

Fonte: CASTRO, Flávio Pinheiro de. O Globo, 6 de setembro de 1997.

RICARDO EMILIO PIGLIA RENZI nasceu na Argentina, em 1941. Romancista, contista e roteirista, considerado um dos "pesos pesados" da literatura latino-americana. Seu primeiro livro, *A invasão*, levou seis anos para ser concluído (1961-1967), conquistou o Prêmio Casa das Américas e projetou-o definitivamente na literatura nacional e internacional. Mais tarde lançou *Respiração artificial* (1980), considerado pela crítica como um dos dez mais importantes romances de todos os tempos já lançados no país. Um escritor preocupado com o romance como gênero literário e que se encontra no universo urbano de Jorge Luis Borges, Julio Cortázar e Robert Arlt. Sua narrativa é classificada como metaficção, devido às inovações na forma do texto intrinsecamente ligadas à própria trama dos romances. Outros livros: *Prisão perpétua* (1988), *Nome falso*, *A cidade ausente* (1992), *A pessoa equivocada, Laboratório do escritor* (1994), *Plata quemada* (1997), que ganhou o Prêmio Planeta de 1997 e virou filme dirigido por Marcelo Piñero, e *Formas breves* (2004). Escreveu também, em parceria com Hector Babenco, o roteiro do filme *Foolish heart*. Está envolvido na feitura de mais um romance, que já tem título: *Blanco noturno*, o qual deverá ser publicado em 2008.

ROBERTO SANTOS
Roberto Santos

> Eu sempre tive uma preocupação de trabalhar o máximo nos roteiros de meus filmes e por isto nasceu uma aproximação natural com a literatura.
>
> Fonte: MILLARCH, Aramis. Estado do Paraná.
> Disponível em: <www.millarch.org/ler.php?id=2175>.
> Acesso em: 16 de maio de 2007.

ROBERTO SANTOS nasceu em 15 de abril de 1928, em São Paulo. Estudou Arquitetura e Filosofia, mas se decidiu pelo Cinema ao participar do II Congresso Nacional de Cinema, em 1952, onde importantes leis de proteção cinema nacional foram discutidas. Diretor, roteirista e produtor de cinema, começou como assistente de direção de Nelson Pereira dos Santos no filme *Rio 40 graus*, em 1955. Em tal companhia, foi o único cineasta paulista que conseguiu bom trânsito com a turma do Cinema Novo. Seu primeiro longa-metragem foi *O grande momento* (1957), um retrato das condições precárias de vida na periferia de São Paulo, com forte influência do neo-realismo italiano. A consagração da crítica veio com *A hora e a vez de Augusto Matraga* (1966), uma adaptação da novela *Sagarana*, de Guimarães Rosa. Em termos de inovação na narrativa cinematográfica, foi um pioneiro que realizou experiências sem se preocupar com o gosto médio do público, como, por exemplo, na adaptação que fez do conto de Lígia Fagundes Telles, *As três mortes de Solano* (1975). Sua produção consistiu de 11 longas-metragens e 18 curtas-metragens, além de alguns documentários e programas de TV, dentre os quais destacamos: *As cariocas* (1966); *O homem nu* (1968); *Vozes do medo* (1971); *Os amantes da chuva* (1979); *Nasce uma mulher* (1983) e *Quincas Borba* (1987). Ao retornar do 15º Festival de Cinema de Gramado, enquanto esperava sua bagagem no Aeroporto de Cumbica, sofreu um infarto fulminante e veio a falecer em 3 de maio de 1987.

RODDY DOYLE
Roddy Doyle

> A qualidade do filme depende da qualidade das pessoas que o produzem. Eu tive muita sorte. Muito do livro original se perde, mas também muito se ganha – imagens, expressões faciais, expressões visuais etc.
>
> Fonte: SCALZO, Fernanda. Folha de São Paulo, 19 de outubro de 1995.

RODDY DOYLE nasceu em Dublin, Irlanda, em 1958. Roteirista e escritor dos mais populares de língua inglesa. Seu primeiro livro – *The commitments* (1987) – chegou na hora certa, num momento em que se iniciava a fome pela busca de fama a qualquer preço. A história que conta as peripécias de uma banda de rockeiros tornou-se um estrondoso sucesso cinematográfico pelas mãos do diretor Alan Parker. O filme *The commitments – Loucos pela fama* tornou-se um ícone até mesmo pela trilha sonora. O livro seguinte – *The snapper* (1990) – também foi filmado, desta vez por Stephen Frears (*A grande família*) e se constituiu na segunda parte de sua trilogia sobre Barrytown, que veio a se completar com *O furgão* (Estação Liberdade, 1998), também filmado por Stephen Frears. Contudo, o sucesso editorial veio mesmo com *Paddy Clarke ha ha ha* (Estação Liberdade, 1999). Ganhou o Booker Prize em 1993, vendeu mais de meio milhão de exemplares e foi traduzido para 19 idiomas. O jornal *The Times* anunciou: "temos aí uma ótima safra 1968 de dublinenses", numa alusão a James Joyce. Trata-se da história de uma criança que, no fim dos anos 1960, narra seu dia-a-dia, enquanto acompanha o desmoronamento do casamento dos pais. A partir daí, é um *best-seller* a cada lançamento, e, com *A star called Henry* (1999), não foi diferente. Em seguida decidiu escrever um livro infanto-juvenil – *Os risadinhas* (Estação Liberdade, 2000) – no qual não faltou maestria para transmitir noções de virtude entre a garotada. Aliás, ele foi professor primário durante 14 anos. Sobre a experiência de escrever para crianças, ele disse numa entrevista: "Eu queria ver se era capaz de fazê-lo". Pela dedicação que ele vem dando às crianças – existe até um "Roddy Doyle Children's Book" – parece que conseguiu. Mas, quer continuar a escrever, também, suas sagas irlandesas.

RUY GUERRA
Ruy Alexandre Guerra Coelho Pereira

> Estabeleço pressupostos estéticos na fase de roteirização, mas claro que, na hora da filmagem, novas idéias se agregam. Isto porque você tem ali uma realidade nova. O ator, muitas vezes, não é o que você imaginou quando estava escrevendo. É melhor ainda. Há os cenários, as texturas de imagem permitidas pela luz, enfim, matérias vivas que fazem daquele momento, da hora mesma da criação, um novo tempo de elaboração estética... O conceito básico do filme (*Estorvo*, livro homônimo de Chico Buarque de Hollanda) é a dinâmica do mundo moderno. Vou trabalhar com uma estória marcada pelo caótico, pela velocidade, pela loucura urbana. Vivemos num tempo marcado pelo videoclipe, pela rapidez, pela Fórmula 1. A isto acrescentarei a angústia do personagem, um homem dilacerado pelo sentimento de perseguição. Haverá tempos reflexivos, mas, no geral, a velocidade dará a tônica. Promoverei um verdadeiro corpo-a-corpo entre os atores. Não haverá planos intermediários. Ou serão próximos ou distantes.

Fonte: CAETANO, Maria do Rosário. Cineastas latino-americanos: entrevistas e filmes. São Paulo: Estação Liberdade, 1997.

RUY ALEXANDRE GUERRA COELHO PEREIRA nasceu em Maputo, Moçambique, em 1931. Ator, compositor, dramaturgo e cineasta, estabeleceu-se no Brasil a partir de 1958, quando trocou o circuito Maputo/Lisboa/Paris pelo Rio de Janeiro. Seu primeiro filme – *Os cafajestes* (1962) –, um sucesso de público e crítica, lançou dois importantes atores brasileiros: Jece Valadão e Norma Benguel. Em seguida, realizou *Os fuzis* (1964), um dos filmes clássicos do Cinema Novo e *Os deuses e os mortos* (1970). A situação política do país obriga-o a um recesso que termina com a filmagem de *A queda* (1976). Em 1980, com a independência de seu país já consolidada, retorna a Maputo e realiza o primeiro longa-metragem de Moçambique – *Mueda, memora e massacre* – ao mesmo tempo em que ajuda a criar o Instituto Nacional do Cinema. Posteriormente dirigiu *Erêndira* (1982), no México, baseado na obra de Garcia Marquez, e *Kuarup* (1989), baseado no livro homônimo de Antonio Callado. Amigo de Chico Buarque de Hollanda, foi convidado a dirigir duas de suas obras: a comédia musical *Ópera do malandro* (1985) e o filme *Estorvo* (2000). Seu filme mais recente é *O veneno da madrugada* (2004).

SAUL BELLOW
Solomon Bellows

" Não queremos nos aborrecer com problemas sérios levantados por um livro como *Crime e castigo*. Questões como: alguém tem o direito de matar? Um homem jovem, de inteligência superior tem o direito de matar duas velhas? E se ele estiver morrendo de fome, se sua família estiver em desgraça e com problemas? E assim por diante. Bem, essas são perguntas sérias. Não vejo esse tipo de questionamento em filmes, pelo menos não com freqüência. Talvez até certo ponto. Mas além desse ponto, muito raramente. Portanto, ainda temos necessidade desse tipo de refinamento e desse tipo de inteligência culta que só podem surgir da leitura de certos textos. E se você estiver a fim de se livrar desses textos, existe, possivelmente, algo errado na sua apreciação do todo... Na verdade os números não provam muita coisa (o numeroso público do cinema em relação à literatura). Não é preciso ir aonde os números são maiores. É preciso ir aonde as mentes são treinadas e adaptaram-se a esses trabalhos de literatura altamente refinados. Se aprender a lê-los, nunca mais ficará satisfeito com um filme C. Não sei o que o futuro nos reserva. Talvez a literatura seja ultrapassada e surjam novas e melhores formas de arte em seu lugar. Se isso acontecer, para satisfação geral, e se o mesmo trabalho for realizado por meios diferentes, ninguém fará objeção. Porém, não me parece que os filmes tenham esse efeito sobre as pessoas. "

Fonte: PETZINGER JR., Thomas. O Estado de São Paulo, *16 de janeiro de 2000.*

SOLOMON BELLOWS nasceu no Canadá, em 1915, e se radicou nos Estados Unidos em 1942. Romancista e ensaísta, abordou com freqüência a questão dos judeus assimilados na América, e sua obra procura investigar os rumos da sociedade e o papel que nela desempenham os indivíduos. Certa vez afirmou que o escritor "é um historiador imaginoso, capaz de aproximar-se dos fatos contemporâneos mais do que possivelmente poderão fazer os cientistas sociais". Durante sua longa carreira literária produziu obras como *Dezembro fatal* (1982), *O legado de Humboldt* (1975), *O planeta do Sr. Sammler* (1970), *A mágoa mata mais* (1988) e *Presença de mulher* (1999). Aos 61 anos, em 1976, recebeu o Prêmio Nobel de Literatura, além de ganhar duas vezes o National Book Award e o prêmio Pulitzer. Em 2000 lançou *Ravelstein*, perfil biográfico romanceado de Allan Bloom, professor universitário e amigo íntimo do autor. Segundo Daniel Piza, o autor, "longe de qualquer tradicionalismo, manteve viva a narrativa de ficção como existe desde Cervantes – com personagens enredados em conflitos que provocam seu desencanto e resistência". Faleceu em abril de 2005.

SÉRGIO SANT'ANNA
Sérgio Sant'Anna

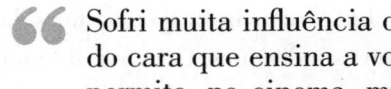

> Sofri muita influência de Godard, pois ele é o tipo do cara que ensina a você liberdade. O Godard me permite, no cinema, misturar ensaio, personagens reais, discussões de todo tipo. Eu também faço isso, quando quero, no meu trabalho.
>
> *Fonte: COUTO, José Geraldo.* Folha de São Paulo, *1º de junho de 1997.*

SÉRGIO SANT'ANNA nasceu em 30 de outubro de 1941, no Rio de Janeiro. Reconhecido como um dos melhores contistas brasileiros, despontou como escritor promissor no primeiro livro, *O sobrevivente* (1969), que o credenciou para participar do "Writing Program", da Universidade de Iowa (EUA), no período entre 1970 e 1971. Essa estada aprimorou o estilo do autor, conforme demonstrado no livro seguinte, *Notas de Manfredo Rangel, repórter* (1973). Foi criado no meio da literatura de vanguarda, experimental, com a ambição, segundo ele mesmo, "nada modesta de destruir as formas romanescas". Essa intenção se evidencia nos primeiros romances *Confissões de Ralfo* (1973) e *Simulacros* (1977). Mas, em 1982, o autor deu uma virada em sua literatura iniciando com *O concerto de João Gilberto no Rio de Janeiro* e consolidando com *Amazona* (1986). Nunca foi *best-seller*, mas mantém um público de leitores fiéis. Seus livros são estudados nas universidades, alguns traduzidos no exterior. Recebeu o Prêmio Jabuti três vezes: em 1982, 1986 e 1997. Em 1989, lançou *A Senhora Simpsom*, bem-aceito pela crítica, como era de se esperar, e também pelo público, pois vendeu mais de seis mil exemplares. Os lançamentos seguintes, *Breve história do espírito* (1991) e *O monstro* (1994), realçaram a sofisticação do autor, "quebrando regras, ampliando contornos, questionando os limites do conto, em busca de uma nova maneira de narrar". Em 1997, lançou duas obras simultaneamente pela Cia. das Letras: *Contos e novelas reunidas* e *Um crime delicado*. Passou seis anos sem publicar, escrevendo a passo de tartaruga, e lançou *O vôo da madrugada* (2003), reunindo contos e uma novela. Vive num modesto apartamento no bairro Laranjeiras (Rio de Janeiro), no mesmo quarteirão onde vive a artista plástica Cristina Salgado, mas não moram juntos; namoram.

SIDNEY SHELDON
Sidney Schechtel

> Eu nunca penso em filmes quando estou escrevendo um livro. Mas desde os 17 anos a razão da minha vida é escrever cenas para serem interpretadas por atores. Escrevo visualmente, e meus livros são fáceis de serem adaptados, 15 deles já foram transformados em filmes de cinema ou TV ou em minisséries televisivas. A maioria de forma satisfatória.

Fonte: BRAGA, João Ximenes. O Globo, 3 de dezembro de 1997.

SIDNEY SCHECHTEL nasceu em Chicago, Estados Unidos, em 1917. Um dos romancistas mais conhecidos do mundo. Sua obra é composta de mais de 20 títulos com mais de 300 milhões de exemplares traduzidos para 51 idiomas e publicados em 180 países. Consta no *Guiness Book of Records* como o autor mais traduzido do mundo. Seu sucesso teve início como roteirista de cinema bem-sucedido, com mais de 30 filmes e seriados de TV, como *Jeannie é um gênio* e *Casal 20*. Como roteirista chegou a ganhar um Oscar em 1948 pelo filme *Solteirão cobiçado*. Considera-se apenas um bom contador de histórias, e sua fórmula é baseada no clássico tripé: sexo, suspense e briga pelo poder. Seu primeiro livro, *A outra face* (1967), foi considerado pelo *The New York Times* como promissor, mas foi um fracasso de vendas. Mais tarde lançou *O outro lado da meia-noite* (1974), que foi o *best-seller* do ano. A partir daí surgiram as grandes tiragens de livros como: *Um estranho no espelho* (1976), *A ira dos anjos* (1980), *Mestre do jogo* (1982), *Capricho dos deuses* (1987), *As areias do tempo* (1988), *Memórias da meia-noite* (1990), *As estrelas cadentes* (1992), *Nada dura para sempre* (1994), *O plano perfeito* (1997), *Conte-me seus sonhos* (1998), *O céu está caindo* (2000), *Quem tem medo do escuro* (2004) etc. No ano seguinte, decidiu contar sobre sua vida e advertiu: "Minha autobiografia vai surpreender muita gente". *O outro lado de mim: memórias* (2005) traz detalhes inéditos, reveladores e sinceros, com as memórias do escritor. Faleceu em 30 de janeiro de 2007.

SUSAN SONTAG
Susan Sontag

> Já disse muitas vezes que o cinema é para mim a mais excitante e a mais importante das atuais formas de arte. Adoro ver os velhos filmes. Nos anos 1960 me interessei muito pela 'nouvelle vague', por Alan Resnais e por Jean-Luc Godard. O diretor que mais me tem atraído nos últimos tempos é o alemão Hans Jurgen Syberberg. Quanto aos meus filmes, não é fácil conseguir um produtor. Fazer cinema de forma independente apresenta muitas dificuldades... De qualquer modo, agora não estou tão preocupada em filmar, não porque não me interesse, e sim pelos problemas econômicos que devem ser resolvidos antecipadamente... Nunca me coloquei o problema de carecer de formação para dirigir cinema ou teatro. Não se ensina a dirigir, assim como tampouco se ensina a escrever. Não acredito nas escolas de escritores. Em todo caso, sempre há uma primeira vez; sobre essa base, sobre a própria experiência, se aprende.

Fonte: BECCACECE, Hugo. La pereza del príncipe: mitos, héroes y escândalos del siglo XX. Buenos Aires: Editorial Sudamericana, 1994.

SUSAN SONTAG nasceu em 16 de janeiro de 1933, em Nova York, EUA. Escritora, ensaísta, crítica literária e de arte, ativista política e intelectual norte-americana das mais expressivas de seu tempo. Estreou nas letras como ficcionista com *The benefactor* (1963); escreveu um segundo romance em 1967: *Death kit*, mas foi como ensaísta que ficou mais conhecida e causou maior impacto literário. Na década de 1970, fez uma profunda reflexão sobre a arte fotográfica e lançou o ensaio *Sobre a fotografia* (Cia. das Letras, 1973). Segundo Boris Kossoy, "sua proposta de uma reflexão sobre a realidade a partir da imagem fotográfica tem uma importância única nos estudos da imagem na segunda metade do século 20".

Noutros ensaios, como *A doença como metáfora* (Graal, 1979) e *Aids e suas metáforas* (Cia. das Letras, 1988), refletiu sobre a doença com rigor filosófico. E foi com o livro de ensaios *Sob o signo de Saturno* (L&PM, 1979) que ela ficou conhecida internacionalmente. Foi responsável pela popularização de filósofos como Walter Benjamin e Roland Barthes no cenário intelectual norte-americano. Em 1991 o desejo de retornar à literatura ou fazer literatura ensaística se manifestou com a novela *Assim vivemos agora* (Cia. das Letras), aprofundando a reflexão sobre a doença e colocando a Aids na ordem do dia. No ano seguinte a necessidade de uma literatura mais pura se manifesta completamente com *O amante do vulcão* (Cia. das Letras, 1992). Tinha opiniões formadas sobre o que é literatura e o fazer literário: "A primeira obrigação de qualquer escritor sério é escrever bem", declarou. Noutra oportunidade disse que "todas essas sensações de incompetência da parte do escritor – dessa escritora, pelo menos – decorrem da convicção de que a literatura é importante. Importante é com certeza uma palavra muito tênue". Em 2000 faz um mergulho na história de seu país e escreve o romance *Na América* (Cia. das Letras). Seu último trabalho resultou em mais ensaios: *Diante da dor dos outros* (Cia. das Letras, 2003). Segundo Cristine de Bem e Canto, um questionamento da "nossa sensibilidade quanto ao excesso de imagens de sofrimento ao qual estamos expostos pela mídia, bem como a possibilidade de indignação do ser humano inspirando e encorajando novos rumos para uma produção de arte". Premiada diversas vezes dentro e fora dos Estados Unidos, integrava a Academia Americana de Letras. Faleceu em 28 de dezembro de 2004.

SUSO CECCHI D'AMICO
Giovanna Cecchi

❝ Os escritores nunca deveriam se preocupar com a adaptação e a redução cinematográfica. Hemingway nunca quis nem sequer ver os filmes inspirados em seus romances. De fato, são obras diferentes. Cada um faz o seu trabalho. Bons autores de literatura, como Moravia ou Pratolini, revelaram-se péssimos roteiristas – sobretudo Moravia, por causa de sua impaciência. Eles se prendem facilmente a coisas suas, que cinematograficamente, porém, devem ser abandonadas. Tomemos um exemplo que todos conhecem, como *O leopardo*. Muitos pensam que o filme é a tradução do romance de Tomasi di Lampedusa. Mas o filme, por exigências de ritmo e script, acaba trinta anos antes do que a narrativa original. No episódio do baile, é descrita a decadência e a morte do príncipe – morte que no romance acontece trinta anos depois do baile. Essa concentração é materialmente infiel ao texto original; mas na verdade é fácil e eficaz. ❞

Fonte: Cult. *n°. 19, fevereiro 1999.*

GIOVANNA CECCHI nasceu em 21 de julho de 1914, em Roma. Célebre roteirista e referência mundial no cinema desde o pós-guerra. Nascida em berço de ouro cultural (é filha do escritor Emilio Cecchi e da escritora e pintora Leonetta Pieraccini) e criada numa casa rodeada de artistas e intelectuais. Seu pendor para a literatura aproximou-a de Luchino Visconti, com quem fez mais de dez filmes. Trabalhou, também, com Mario Monicelli, Vittorio De Sicca, Luigi Zampa Francesco Rossi, Franco Zeffirelli e Martin Scorsese. Sua filmografia inicia em 1946 com *Mio figlio professore* e, dentre os vários prêmios já recebidos, acrescenta-se o Leão de Ouro, no Festival de Veneza, em 1994. Alguns de seus roteiros: *Violência e paixão* (1976); *O leopardo* (1972); *Rocco e seus irmãos* (1960); *Sedução da carne* (1960); *Ladrões de bicicleta* (1962); *Missão romana* (2006); *Irmão Sol, irmã Lua* (1972); *Roma, cidade aberta* (1947) e *O bandido Giuliano* (1963). Atualmente leciona roteiro no Centro Sperimentale di Cinematografia – Scuola Nazionale di Cinema.

SYLVIO BACK
Sylvio Back

> Essa relação é conflituosa. Cinema é visibilidade; literatura é invisibilidade, você imagina o que lê... Quanto maior a traição, melhor o resultado. Embora seja muito comum ouvirmos, em adaptações para o cinema, que o livro é sempre melhor que o filme, é preciso entendermos que literatura e cinema são duas linguagens distintas. Não podem ser comparadas... Se Graciliano Ramos não tivesse sido escritor, teria sido cineasta fácil, fácil. Os romances dele são absolutamente cinematográficos.

Fonte: CASTANHEIRA, Yara. Disponível em: <http://www.ufmg.br/online/arquivos/000574.shtml>. Acesso em: 26 de julho de 2004.

SYLVIO BACK nasceu em Blumenau, Santa Catarina, em 1937. Escritor, poeta, ensaísta e, sobretudo, cineasta. Aliás, um dos mais premiados com mais de 70 láureas conquistadas em festivais nacionais e internacionais de cinema. Sua filmografia sobre a história do Brasil promove uma releitura crítica única e original da história e da realidade do país. Aos 48 anos começou a poetar, sem abandonar o cinema, e publicou *O caderno erótico de Silvio Back* (Tipografia do Fundo de Ouro Preto, 1986). Não parou mais de fazer poesia e publicou em seguida: *Moedas de luz* (Max Limonad, 1988); *A vinha do desejo* (Geração Editorial, 1994); *Yndio do Brasil* (Nonada, 1995); *Boudoir* (7 Letras, 1999); *Eurus* (7 Letras, 2004) e *Traduzir é poetar às avessas* (Memorial da América Latina, 2005). Em janeiro de 2007 declarou que sua estante de poesia é maior do que a de cinema. Realizou 36 filmes, dos quais 10 são longas-metragens e alguns sucessos de bilheteria: *Lance maior* (1968); *A guerra dos pelados* (1971); *Aleluia Gretchen* (1976); *A revolução de 30* (1980); *República Guarani* (1982); *Guerra do Brasil* (1987); *Cruz e Souza – o poeta do desterro* (1999) etc. Seu filme mais recente é outra incursão na história recôndita do Brasil: *Lost Zweig* (2002). Mostra a última semana de vida do escritor judeu-austríaco Stefan Zweig e de sua mulher Lotte, que se suicidaram em Petrópolis logo após o Carnaval de 1942.

T. CORAGHESSAN BOYLE
Thomas John Boyle

> As pessoas querem que escritores como Michael Crichton continuem escrevendo romances que na prática são quase roteiros de filmes. Elas compram o livro e vêem o filme, não há nada que se possa fazer. Mas, para um escritor sério, seria um desastre tentar escrever num formato pré-estabelecido, já pensando no filme que será feito a partir dali.
>
> Fonte: TRIGO, Luciano. O Globo, 25 de janeiro de 1997.

THOMAS JOHN BOYLE nasceu em 2 de dezembro de 1948, em Nova York, EUA. Romancista de sátiras demolidoras sobre o *"american way of life"*, freqüentemente reconhecido como o Tom Wolfe da Califórnia pela irritação que causa nos críticos e o apreço demonstrado pelo público. Sua obra já foi comparada, também, a Mark Twain, devido à boa mistura de humor e exploração social. Com aparência e comportamento de roqueiro, não se deixou iludir pelos elogios da crítica nem fez questão de seguir nenhum padrão determinado para se tornar um *best-seller*. Não obstante a aparência, é um estudioso dedicado à literatura: obteve o título de Ph.D em literatura britânica do século XIX pela Unversidade de Iowa, em 1977; realizou o Writers Workshop na mesma universidade em 1974; concluiu o bacharelato em Inglês e História na State University of New York at Potsdam em 1968 e integra o Departamento de Inglês da University of Southern California desde 1978. Tem 19 livros publicados e traduzidos para diversos idiomas, inclusive o português: *América* (Cia. das Letras, 1998) e *Oriente, oriente* (Cia. das Letras, 1991) e contos publicados em diversas revistas literárias. Seu primeiro livro – *Descent of man* –, publicado em 1979, foi recebido como uma promessa de literatura diferenciada. A confirmação de tal promessa veio mais tarde com *World's end* (1987), que lhe valeu o Pen/Faulkner Award for Ficction, e com *The road to Wellville* (1993), que foi adaptado para o cinema: *O fantástico mundo do Dr. Kellog*, uma extravagante comédia sobre o famoso balneário do Dr. Kellog (inventor dos sucrilhos), defensor de uma vida saudável, protagonizada por Anthony Hopkins e Jane Fonda. Outros livros publicados: *The tortilla curtain* (1995); *Riven rock* (1998); *A friend of the earth* (2000); *Drop city* (2003); *The inner circle* (2004) e *Talk talk* (2006).

TOM WOLFE
Thomas Kennerly Wolfe

> Ocasionalmente, alguns filmes seguem o procedimento dos livros, mas eu acho que é natural um caminho diferente entre a obra escrita e a filmada. Francamente, eu não considero os filmes muito importantes. São muito limitados. Por exemplo: *E o vento levou* é um grande filme. Mas, se você ler o livro, e eu fiz isso, você vai ver que é uma obra de imenso poder, maior que o filme. Eu quero dizer que eu nunca me importei muito com o que aconteceu para *A fogueira das vaidades*. Para dizer a verdade, o cheque era bom.

Fonte: DIEGO, Marcelo. Folha de São Paulo, *15 de fevereiro de 1999.*

THOMAS KENNERLY WOLFE nasceu em 2 de fevereiro de 1931, nos Estados Unidos. Jornalista, cronista, escritor e um dos fundadores do *new journalism*. Consegue aliar a imagem de um dândi – sempre de terno branco, camisa listrada e sapato bicolor – com um divertido e cáustico analista da sociedade americana. "A maioria dos intelectuais de esquerda em Nova York não vê nada a não ser o interior de seus apartamentos. O que acontece nas ruas, eles observam de dentro de um táxi, no caminho para o escritório de seus agentes", disse numa entrevista à *Veja* em 1999. E fala com conhecimento de causa, pois é Ph.D em estudos americanos pela Yale University. Como jornalista profissional só escreve sobre o que observou e analisou de perto. Assim, foi com seu primeiro romance *Fogueira das vaidades* (Rocco, 1982), retratando a vida fútil e abastada dos investidores de Wall Street. O livro resultou no filme homônimo, lançado em 1990 e dirigido por Brian De Palma, obtendo um grande sucesso. Mais tarde, outro de seus lançamentos, *Radical Chique e o novo jornalismo* (Cia. das letras 2005), logo transformou-se em *best-seller*. A obra reúne alguns dos artigos publicados nas décadas de 1960 e 1970. No posfácio, Joaquim Ferreira dos Santos afirma que "se os Beatles colocaram uma colher de LSD na música, Tom Wolfe pôs um pcte no jornalismo". Crítico ferrenho da arte contemporânea, escreveu em 1987 *A palavra pintada* (L&PM), ironizando alguns artistas nova-iorquinos. Em 2005 esteve no Brasil para fazer uma palestra na Bienal Internacional do Livro, no Rio de Janeiro, e lançar seu terceiro romance *Eu sou Charlotte Simmons* (Rocco, 2005). Muitos de seus livros foram traduzidos pela Rocco: *Os eleitos* (1988); *Da Bauhaus ao nosso caos* (1990); *O teste do ácido do refresco elétrico* (1993); *A emboscada no Forte Bragg* (1999); *Um homem por inteiro* (1999); *Ficar ou não ficar* (2001).

TOMÁS GUTIÉRREZ ALEA
Tomás Gutiérrez Alea

Memórias do subdesenvolvimento saiu melhor do que eu esperava. Quis realizar este filme desde o momento em que li a novela homônima de Edmundo Desnoes. O livro é muito cinematográfico. A novela constitui-se num longo monólogo interior do personagem Sérgio em conflito com a nova realidade que se instala em seu país, movida pela Revolução Cubana. Junto com Desnoes, estudei outros níveis de leitura cinematográfica do texto. O resultado foi um filme intelectualmente muito complicado. No livro dá-se o ponto de vista do personagem; no filme, dou também o meu ponto de vista e privilegio o ambiente que rodeia Sérgio. Mesmo assim, *Memórias* teve ótima acolhida, tanto em Cuba, quanto nos EUA e Europa. Foi mostrado no Festival de Karlovy-Vary, na Tchecoslováquia, e mereceu críticas nos mais importantes jornais do mundo... Um êxito que, confesso, nunca esperei, e me alegrou muito... Meu segundo longa, *Las doce sillas*, baseou-se numa novela de Ilya Ilf e Eugene Petrov. O terceiro, *Cumbite*, baseou-se em novela haitiana de Jacques Roumain (*Os governadores de orvalho*)... *Memórias do subdesenvolvimento* e *Cartas del parque* buscaram sua matéria-prima na literatura. E meu novo projeto é resultado de mais uma incursão pela literatura.

Fonte: CAETANO, Maria do Rosário. Cineastas latino-americanos: entrevistas e filmes. São Paulo: Estação Liberdade, 1997.

TOMÁS GUTIÉRREZ ALEA nasceu em Cuba, em 1928. O maior dos cineastas cubanos conseguiu realizar plenamente seu objetivo: "procuro um cinema que estabeleça relação de prazer com o espectador e, se possível, o leve à reflexão crítica". O clássico latino-americano *Memórias do subdesenvolvimento* (1968) agradou até mesmo Paulo Francis, o maior espinafrador de Cuba. Para atender os anseios da família, formou-se advogado em 1951, mas logo foi para a Itália estudar direção no Centro Sperimentale di Cinematografia e junto com um grupo de latino-americanos fundou a Associazone Latinoamericana e seu boletim *Voici dell'América Latina*. Conclui o curso com o filme *Il sogno di Giovanni Bassain* e retorna à Havana. Em 1955 realiza, junto com Julio Garcia Espinosa, o documentário *El mégano*, sobre a vida dos carvoeiros e considerado pelos críticos como um dos melhores da época e seqüestrado pela polícia de Batista. Em 1959 organiza um grupo de cineastas para participar da Dirección de Cultura del Ejército Rebelde e inicia a filmagem de *Esta tierra nuestra*, primeiro documentário após o triunfo da Revolução Cubana. Criou o ICAIC – Insituto Cubano del Arte e Indústria Cinematográficos e participou da criação da UNEAC – Unión de Escritores y Artistas de Cuba. O primeiro longa-metragem de ficção foi *Histórias de la revolución* (1960). Infelizmente seus filmes são conhecidos no Brasil somente em cine-clubes, não obstante serem premiados em todo o mundo. Um dos poucos que vimos foi *A última ceia* (1976), quando Leon Cakoff, driblando a censura e a burocracia brasileiras, conseguiu apresentá-lo na Mostra Internacional de Cinema de São Paulo. Foi classificado como o melhor do ano. Outro, no circuito comercial, foi *Morango e chocolate* (1993), premiado no Festival de Berlim e considerado o maior sucesso comercial da história do cinema cubano no mercado externo. Seu último filme, *Guantanameira* (1995), facilmente encontrado nas locadoras, obteve oito prêmios nos festivais de cinema do Brasil, Espanha, EUA, Chile, França, Colômbia e Cuba. Em 1984 sente necessidade de registrar suas idéias, posições políticas e estéticas no meio cinematográfico e escreve *Dialética do espectador* (Summus), uma coletânea de ensaios destinados a tornar o espectador mais apto a encarar criticamente os "textos" do cinema. Outros filmes: *Las doce sillas* (1962); *Cumbite* (1964); *La muerte de un burocrata* (1968); *Un pelea cubana contra los demónios* (1974); *Los sobreviventes* (1978); *Hasta cierto punto* (1983) e *Cartas del parque* (1988), entre outros. Faleceu em 16 de abril de 1966.

TONINO GUERRA
Antonio Guerra

> (O cinema) é uma grande arte, que deu grandes diretores e vai continuar, porque, na verdade, o homem é induzido a usar os olhos. O olho leva grande vantagem neste momento. Olhe a televisão e as imagens da publicidade. A imagem está sufocando a palavra. Penso que ainda vai chegar o momento da palavra também no cinema. Daí, as comédias, os livros. Veja: temos pressa. É muito difícil ler um livro. Ler um grande romance nos toma mais de dez noites, enquanto um grande filme requer apenas duas horas, uma noite no máximo. Essa pressa que temos é muito incisiva, é absolutamente contra a palavra, mas acredito também que chegará um momento da lentidão, um momento em que o homem refletirá melhor sobre as coisas, diminuirá o curso da corrida quando se tratar de coisas ligadas à arte. Não se explica o motivo dessa pressa, pois as pessoas parecem não perceber que o ideal é sempre uma mistura de simplicidade e amplitude de tempo, especialmente quando se trata de arte... A poesia tem a capacidade de passar ao leitor, com poucas palavras, pensamentos que exigem grande concentração do poeta. Não necessita de tantas palavras como a prosa, mais ainda: a poesia assume essa atitude de se consolar e de consolar o outro. Em dado momento, existe alguém à sua volta que diz: 'mas o senhor, provavelmente, é uma porta?' Pois é, ainda agora, eu tenho a suspeita de não sê-lo. É assim que a coisa começa. Quando vamos fazer um roteiro, o diretor espera sempre aquele algo mais, os tons inspirados que deveriam pontuar o roteiro de um poeta e nem sempre eu tenho.

Fonte: MUNCINI, Maria Andréa. O Estado de São Paulo, *26 de outubro de 1996.*

ANTONIO GUERRA nasceu em 16 de março de 1920, em Santarchangelo di Romagna, Itália. Poeta, dramaturgo e roteirista. Integra o olimpo dos escritores de cinema italiano, tendo trabalhado com grandes cineastas, tais como Frederico Fellini, Michelangelo Antonioni, Andrei Tarkovski, Theo Angelopopulos, Vittorio De Sicca e Francesco Rossi. Na condição de poeta tem uma visão diferenciada do trabalho de roteirista. Na sua visão, a história tem de ser bela e passar o sentimento para o diretor do filme. O bom escritor de cinema não deve ter estilo próprio. Integra-se a um projeto, serve com sua escrita a visão do diretor, que vai transformar em imagens as páginas mortas do roteiro. Nos anos 1950 deixa sua cidade para viver em Roma, onde se torna amigo de Antonioni, com quem passa a trabalhar como roteirista. Como poeta, escreveu, em 1981, *O mel*, um livro escrito no dialeto romagnolo acompanhado de uma versão em italiano, que mereceu o seguinte comentário de Ítalo Calvino: "é um livro que se tornará mais belo cada ano que passar e daqui a cem anos muitos aprenderão romagnolo para ler no original a jornada dos dois velhos irmãos". Escreveu também *O livro das igrejas abandonadas*, editado em Portugal (Assírio & Alvim, 1997). Como roteirista, foi indicado para receber o Oscar três vezes com os filmes: *Casanova '70* (1965), dirigido por Mario Monicelli; *Blowup* (1966), dirigido por Antonioni; e *Amarcord* (1973), dirigido por Fellini. Ganhou 12 prêmios internacionais, incluindo o Festival de Cannes em 1994 com o filme *Voyage to cythera*. Fez o roteiro de mais de 60 filmes, dentre os quais destacam-se: *Eros* (2004); *Crônica de uma morte anunciada* (1987); *Ginger e Fred* (1986); *Nostalgia* (1983); *Luck Luciano* (1974); *O caso Mattei* (1972); *Zabriskie point* (1970) e *Matrimônio à italiana* (1964). Tonino Guerra vive na cidade de Pennabilli, onde a prefeitura lhe concedeu o título de cidadão honorário e mantém a *Associazione Culturale Tonino Guerra* e seu site oficial www.toninoguerra.com.

TRUMAN CAPOTE
Truman García Capote

> Pelo menos um dos filmes que escrevi, *Beat the Devil*, foi tremendamente divertido. Trabalhei nele com John Huston, enquanto o filme estava sendo rodado no próprio local, na Itália. Às vezes, as cenas prestes a ser filmadas eram escritas no próprio set. Os atores ficavam inteiramente perplexos – e, não raro, até mesmo Huston parecia não saber o que estava acontecendo. As cenas, naturalmente, tinham de ser escritas observando uma seqüência, mas havia momentos estranhos em que eu tinha apenas na cabeça o esboço real do chamado enredo. Acaso não viu o filme? Oh!, deveria vê-lo, é uma pilhéria maravilhosa. Embora eu receie que o produtor não haja achado agradável. Que vão para o diabo! Sempre há uma reprise, vou vê-lo e divirto-me muito. Seriamente, porém, não creio que um escritor tenha muita chance de impor-se num filme, a menos que trabalhe no mais estreito entendimento com o diretor, ou seja ele próprio o diretor. Foi somente por intermédio do diretor que o cinema criou um único escritor que, trabalhando exclusivamente como argumentista, pode ser chamado um gênio do cinema. Refiro-me àquele tímido, pequeno e encantador camponês, Zavattini. Que senso visual! Oitenta porcento de todas as boas películas italianas foram feitas baseadas em scripts de Zavattini – todos os filmes de De Sica, por exemplo. De Sica é um homem encantador, muito bem dotado e profundamente sofisticado; não obstante, é ele, sobretudo, um megafone para Zavattini, seus filmes são absolutamente criações de Zavattini: cada nuança é claramente indicada nos scripts de Zavattini.

Fonte: Cowley, Malcolm. Escritores em ação: as famosas entrevistas à Paris Review. Rio de Janeiro: Paz e Terra. 1968.

TRUMAN GARCÍA CAPOTE nasceu na cidade de Nova Orleans, EUA, em 1924. Antes de se tornar escritor, foi leitor de scripts cinematográficos, bailarino num barco fluvial, moço de recados da revista *The New Yorker* e jornalista. Aos 19 anos conquistou seu primeiro prêmio literário com o conto *Miriam*. Em 1948 ganhou a fama com seu primeiro romance *Other voices, other rooms*. Seu passatempo preferido era "conversação, leitura e escrever, nessa ordem", conforme gostava de declarar. Desse modo, surgiu o livro *Truman Capote: conversations*, em 1987, uma compilação de entrevistas feitas entre 1948 e 1980. Em 1960, interessou-se pelo assassinato de uma família de camponeses numa fazenda de Kansas, por dois jovens delinqüentes em busca de aventuras. Passou seis anos investigando a tragédia da forma como se investiga um fato para se fazer uma grande reportagem. O resultado foi o romance *A sangue frio* (1966), um sucesso literário, que no ano seguinte virou filme. Outras obras: *The grass harp* (1951), *Bonequinha de luxo* (1958), *A tree of night* (1948) e *The thanksgiving visitor* (1968). Seu último trabalho literário *Answered prayers* não chegou a ser concluído, mas foi publicado postumamente em 1987. Faleceu em 25 de agosto de 1984.

UMBERTO ECO
Umberto Eco

> A leitura é uma necessidade biológica da espécie. Nenhuma tela e nenhuma tecnologia conseguirão suprimir a necessidade de leitura.

<small>Fonte: AMALFI, Francis. El taller de los escritores: inspiraciones sobre el arte de escribir, la literatura y la vida. Barcelona: Editorial Océano, 2005.</small>

UMBERTO ECO nasceu em 1932, na Itália. Semiólogo, ensaísta e romancista dos mais destacados na literatura mundial. Os jornais e as universidades européias disputam seu conhecimento e sua verve para falar e escrever. Tem mais de 30 livros escritos entre romances, críticas e ensaios. Seu primeiro romance *O nome da rosa* (1980) foi *best-seller* durante muitos anos. O segundo, *O pêndulo de Foucault* (1988), seguiu a mesma trajetória do anterior. Já era célebre em 1960, com *Obra aberta* (1962), *Apocalípticos e integrados*, *A estrutura ausente* e *tratado geral de semiótica*. Nos anos de 1990 lançou *Como se faz uma tese*, *A ilha do dia anterior*, *Cinco escritos morais* (1998) e *Kant e o ornitorrinco* (1999), como complementação ao *Tratado geral de semiótica*. A partir daí tornou-se referência no assunto "novas mídias". Publicou o *Manual interativo dos saberes* (1999) e afirmou que a "internet é a revolução do século e pode levar ao fim dos estados nacionais". Em 2001 voltou ao romance e publicou *Baudolino*, trama policial ambientada no século 12 que, de certa forma, faz lembrar *O nome da rosa*. Em 2004 lançou *La misteriosa fiamma della Regina Lona*, romance em que relembra sua infância e a memória coletiva da Itália dos anos 30 e 40 do século 20. Considera-se um autor neobarroco em oposição à prosa clássica de Jorge Luis Borges. Tem acumulado, ao longo de sua carreira, diversos prêmios e condecorações, tais como Commandeur de l'Ordre des Arts et des Lettres (1985); Marshall MacLuhan Award (1985); Chevalier de la Légion d'Honeur (1993); Cavaliere di Gran Croce al Merito della Republica Italiana (1996), bem como o título de Doutor Honoris Causa das universidades de Paris (Sorbonne) Atenas, Buenos Aires, Sofia e Tel-Aviv.

VALÊNCIO XAVIER
Valêncio Xavier Niculitcheff

> Fujo de diretores literários como Fellini. Acho que meus filmes e vídeos não têm nada a ver com literatura, nem que a minha literatura tenha a ver com cinema ou televisão. No que eu escrevo pode ter referências a cinema, TV e HQ (como neste meu *Meu 7º dia*), mas certamente não são nada disso. Em *O Mez da Grippe*, tem uma cena de um alemão que cria um incidente no Teatro Hauer. Como Balzac escreveria essa cena? Descreveria o personagem, detalharia o teatro e então contaria o que aconteceu lá dentro. Eu fiz a mesma coisa, só que eu coloquei um desenho tirado de um anúncio da época, de um sujeito que me pareceu capaz de realizar aquela ação, daí coloquei uma foto do Teatro Hauer e então reproduzi uma notícia de jornal que descrevia o acidente. Fiz a mesma coisa que Balzac Faria, só que em vez de palavras, usei imagens e imagens de palavras.

Fonte: TERRON, Joça Reiners. Cult. ano 2, nº. 20. março 1999.

VALÊNCIO XAVIER NICULITCHEFF nasceu em São Paulo, em 1933. É jornalista, consultor de imagem em cinema, roteirista e diretor de TV. Como cineasta, recebeu diversos prêmios nacionais e internacionais. Além de artigos e narrativas em jornais e revistas, publicou os seguintes livros: *Desembrulhando as balas Zequinha* (1973), *O mez da grippe* (1981), *Maciste no inferno* (1983), *O minotauro* (1985), *O mistério da prostituta japonesa & Mimi-Nashi-Oichi* (1986), *A propósito de figurinhas* (1986) em parceria com Poty, *Poty, trilhas e traços* (1994), *Meu 7º dia* (1998) e *Minha mãe morrendo e o menino mentido* (2001), uma espécie de álbum montado por um homem que, na sua velhice, continua impressionado com coisas que lhe aconteceram na infância. Atualmente encontra-se empenhado na direção de uma série de programas para a

TV Educativa do Paraná intitulada *Histórias da vida real*, um sucesso da TV em anos passados. Seu livro mais recente é *Crimes à moda antiga* (2004), no qual reconta oito crimes à moda mais que atual.

WILL SELF
William Self

> Eu acho que a missão de escritores de ficção é escrever obras que não sejam filmáveis e eu tenho orgulho em dizer que nada da minha obra foi filmado. Cinema é uma mídia decadente dominada por homens de negócios. A prosa de ficção é eternamente jovem.
>
> Fonte: COLOMBO, Sylvia. Folha de São Paulo, 19 de novembro de 1999.

WILLIAM SELF nasceu em 26 de setembro de 1961, em Londres, Inglaterra. Jornalista, romancista e ensaísta, colabora regularmente com vários jornais, revistas e programas de rádio e televisão. É conhecido pelo estilo satírico e, por vezes, grotesco na exploração de uma literatura fantástica povoada com tipos esquisitos da alta e da baixa sociedade. Suas influências mais marcantes são J.G. Ballard, William Borroughs e Hunter S. Thompson. Devido ao seu estilo criativo e inusitado, alguns críticos comparam-no a Kafka, Lewis Carrol e Jonathan Swift. Ele mesmo afirma que não tem uma visão muito definida do que seja seu "projeto literário". Sabe apenas que nunca se sentiu incluído na tradição literária inglesa. Percebe isso principalmente porque suas influências vieram de diversas línguas e culturas estrangeiras. Mas afirma que, por trás de tudo isso, está muito mais a intenção de fazer rir pela sátira e, assim, romper com regras há muito estabelecidas. Seu primeiro livro – *Cock and bull* – saiu em 1992, seguido por *My idea of fun* (1993); *Great apes* (1997); *How the dead live* (2000); *Dorian, an imitation* ((2002) e *The book of Dave* (2006). Em português podemos contar com os seguintes títulos: *Cock & Bull – histórias para boi dormir* (Geração Editorial, 2002); *Minha idéia de diversão* (Geração Editorial, 2002); *Grandes símios* (Objetiva, 2005) e *Como vivem os mortos* (Objetiva, 2005).

WILLIAM FAULKNER
William Cuthbert Falkner

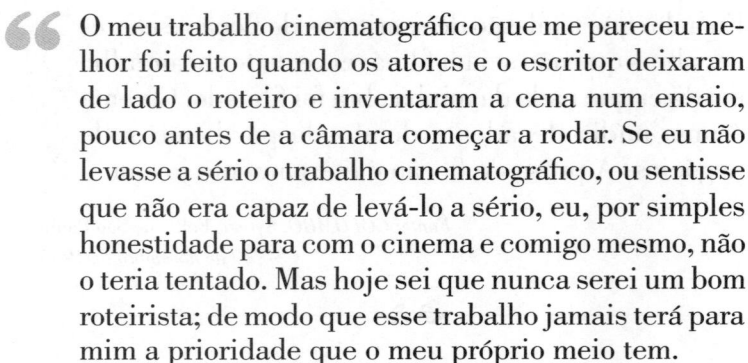

> O meu trabalho cinematográfico que me pareceu melhor foi feito quando os atores e o escritor deixaram de lado o roteiro e inventaram a cena num ensaio, pouco antes de a câmara começar a rodar. Se eu não levasse a sério o trabalho cinematográfico, ou sentisse que não era capaz de levá-lo a sério, eu, por simples honestidade para com o cinema e comigo mesmo, não o teria tentado. Mas hoje sei que nunca serei um bom roteirista; de modo que esse trabalho jamais terá para mim a prioridade que o meu próprio meio tem.
>
> *Fonte:* Os Escritores – as históricas entrevistas da Paris Review.
> *São Paulo: Companhia das Letras, 1988.*

WILLIAM CUTHBERT FALKNER nasceu em 25 de setembro de 1897, em New Albany, no Mississipi, EUA. É oriundo de famílias poderosas dos sul do país, arruinadas pela Guerra Civil. Seu bisavô, o coronel William Falkner, foi construtor de estradas de ferro. Sua obra reflete exatamente isso, a melancólica decadência do Sul. Seu contato inicial com as letras se deu como jornalista da revista experimental *The Double-Dealer*, na qual publicava artigos e poemas ao mesmo tempo em que se exercitava como escritor. Seu primeiro romance – *Soldier's pay* – é de 1926. Em 1929 se estabeleceu como escritor refinado com dois romances: *Sartoris*, que iniciou o ciclo de *Yoknapatawha*, e *O som e a fúria*, sua obra-prima, em que combina técnicas experimentais de narração e violência psicológica. Mas ainda não ganhava dinheiro com literatura e, como precisava se sustentar, resolveu escrever *Sanctuary* (1931). Em seguida, tornou-se roteirista dos estúdios de Hollywood e lá teve algumas de suas obras adaptadas para o cinema. Em 1949 recebeu o Prêmio Nobel de Literatura. Ganhou também por duas vezes o National Book Award com *A fable* (1951) e suas *Collected stories* (1955). A partir daí, seguiram-se vários romances: *Luz de agosto* (1932), *Absalão, Absalão!* (1936), *The unvanquished* (1938), *Palmeiras selvagens* (1939) e *The Hamlet* (1940). Em agosto de 1954, esteve em São Paulo a serviço do governo norte-americano. Num encontro com intelectuais paulistas, foi apresentado à Lygia Fagundes Telles, uma jovem contista. Faulkner fitou-a olhos nos olhos e, entusiasmado, disparou: "Se seus contos forem tão bonitos quanto seus olhos, a senhora certamente é uma grande escritora". Faleceu em 6 de julho de 1962.

WILLIAM STYRON
William Clark Styron Jr.

> Acho que (*A escolha de Sofia*) é um filme muito bom. Eu não o teria feito daquela maneira, mas é um ótimo filme. Eu teria dado uma visão diferente, enfatizando mais a relação ente Sofia e Natham, o caráter destrutivo desta relação. Mas o produtor adquiriu os direitos para fazer o filme daquela maneira e fez um bom trabalho. Gostaria de ver outras obras minhas adaptadas para o cinema.
>
> Fonte: STYCER, Daniel. O Globo, 7 de março de 1993.

WILLIAM CLARK STYRON JR. nasceu em 11 de junho de 1925, em Virgínia, EUA. Ensaísta, editor e romancista dos mais expressivos da geração pós Segunda Guerra Mundial, considerado como o sucessor de William Faulkner. Ficou conhecido, desde cedo, como a voz do Sul, em razão de dois livros fundamentais: *As confissões de Nat Turner* (1967), que lhe valeu o Prêmio Pulitzer, e *A escolha de Sofia* (1979), que foi levado às telas com Meryl Streep e Kevin Kline. Um filme sobre a história de uma sobrevivente polaca do Holocausto, obrigada por um oficial de um campo de concentração a escolher qual dos dois filhos deveria viver. Escreveu, também, um relato corajoso sobre a depressão, que ele mesmo padecia: *Perto das trevas* (Rocco, 2000). O livro ampliou seu público com um contingente razoável de pessoas ávidas em conhecer uma doença tão desconhecida. Além de escrever, atuou como editor trabalhando na MacGraw-Hill e ajudou a fundar a famosa revista *The Paris Review*. Foi um autor que transferiu as obsessões com a raça, classe social e culpa pessoal para narrativas atormentadas como *Lie down in darkness* (1951); *A longa marcha (1952); Set this house on fire* (1960). Seu último livro foi autobiográfico: *Uma manhã em Tidewater* (Rocco, 1993). Faleceu em 1º de novembro de 2006.

PARTE II

BIBLIOGRAFIA RESUMIDA

Literatura e Cinema

Antigamente, o termo bibliografia designava – e sua etimologia confirma – a feitura de um livro; a confecção de um volume. Assim, bibliógrafos eram os copistas medievais que, através de cópias de ditado, compunham manualmente um livro. Logo, vê-se que o termo surge numa época anterior ao surgimento do livro impresso. O emprego da palavra como conhecemos hoje foi utilizado pela primeira vez por Luis Jacob, em 1643. Antes disso, havia outros termos para designar uma lista de publicações: *catalogus, bibliotheca, index* ou *repertorium*.

Atualmente, a palavra bibliografia tem um significado diferente e mais complexo, podendo ser enquadrada nas seguintes acepções: (1) como uma disciplina da biblioteconomia, dedicada ao registro e descrição de publicações; neste sentido é similar – não idêntica – à catalogação bibliográfica; (2) como erudição, significando o conhecimento dos livros, de seu valor intrínseco, do mérito de suas diversas edições; (3) como documentação, consistindo na relação de livros e publicações referentes a determinado assunto. É neste último sentido que o termo é mais conhecido popularmente.

Assim, o termo tem uma história, diversos significados e algumas conceituações, dentre as quais escolhemos uma que está mais de acordo com o trabalho ora realizado. Trata-se do conceito elaborado pela bibliotecária Louise-Noëlle Malclés, da Universidade Sorbonne: "Bibliografia é o conhecimento de todos os textos publicados ou multigrafados. Fundamenta-se na pesquisa, identificação, descrição e classificação destes documentos com a finalidade de organizar serviços ou construir instrumentos destinados a facilitar o trabalho intelectual". Este conceito, formulado na década de 1960, ainda mantém sua validade.

Tais explicações são necessárias por duas razões: (1) resgatar o conceito de bibliografia, diante da atual vulgarização do termo, devido à "explosão da informação" nos anos de 1970, e conseqüente facilidade de acesso aos acervos bibliográficos das principais instituições do mundo. Tal facilidade foi ampliada ao extremo com a Internet, permitindo a todos o acesso a uma infinidade de documentos. O fenômeno contribuiu para vulgarizar o termo, fazendo com que uma simples lista de livros sobre qualquer assunto venha a ser chamada de "bibliografia"; (2) diferenciar e caracterizar melhor esta que se inicia. Trata-se de uma pesquisa bibliográfica exaustiva, que, no jargão biblioteconômico, significa buscar tudo o que existe sobre o assunto. Levamos aqui o "exaustivo" mais fundo ao levantarmos os depoimentos de quem faz, além dos textos de quem pensa.

1977

1. CÂNDIDO, João. Relações entre o cinema e a literatura: triplo mortal sem rede. *O Estado de São Paulo*, 1º de maio de 1977.

Analisa a relação existente entre o conto de Lygia Fagundes Telles, *A caçada*, e o filme *As três mortes de Solano*, de Roberto Santos. "Até que ponto deve o cinema ser fiel a uma obra literária transplantada para a tela? Em que consiste essa fidelidade? Deverá o diretor de um filme inspirado num romance ou num conto prender-se pura e simplesmente à trama, deixando de lado as ambigüidades que enriquecem a criação literária?" são questões formuladas na sinopse do artigo. Conforme o autor, trata-se de uma obra cinematográfica autônoma, que se afasta da simples adaptação do livro. "Uma obra de ruptura, que pode mostrar os novos caminhos do cinema brasileiro. Um filme no qual o público não reconhece a obra literária que o inspirou nem com ele se identifica, mas é obrigado a adotar uma posição crítica contrária à habitual". Inicia apontando, segundo Pio Baldelli, quatro possibilidades nas adaptações de obras literárias para o cinema: 1) a mais comum, o saque puro, simples, uma redução simplista à trama, consistindo numa caricatura da obra original; 2) obediência e respeito ao texto original, onde o conteúdo da obra literária é passado ao espectador, mas a linguagem cinematográfica é apenas complemento do texto; 3) parceria entre o autor da obra e o diretor do filme, onde se tenta completar o texto com as adições permitidas pelo cinema; 4) criação de uma obra autônoma, "nutrida por estímulos culturais originais e independentes" expressados pelo meio cinematográfico. É esta a possibilidade buscada nesta adaptação. Roberto Santos, experiente diretor e calejado em adaptações, foi mais fundo neste filme ao ponto de "provocar rebelião no público, que não acha no filme a sua interpretação da obra literária". A divisão do filme em três movimentos permite níveis diferentes de leitura "que interpelam e questionam cada espectador como indivíduo e não como parte da massa, obrigando-o a uma análise não no campo psicológico, mas no sociológico". A história é uma metáfora da luta pelo poder, onde o intelectual Solano (dono das idéias) disputa com o milionário Faro (dono do dinheiro) o poder representado no filme por uma velha tapeçaria à venda num antiquário. No primeiro movimento, mais próximo do conto, é o nível da realidade e da alucinação: o intelectual quer comprar a tapeçaria, mas enfrenta a relutância da dona do antiquário (Norma). A tapeçaria representa a cena de um caçador medieval na floresta, atrás de sua presa. Solano observa-a e entra numa alucinação imaginando-se na cena. O movimento se conclui ao se localizar na cena. O segundo movimento foge das aparências do conto e mostra um grupo teatral numa peça, onde Solano disputa com faro uma tapeçaria pertencente à Norma. "A realidade do primeiro movimento passa a ser a representação do segundo". Como a peça estreou mal, os atores passam a discutir como salvar o barco e dão opiniões sobre a tapeçaria (o poder). Nos ensaios o ator que faz Solano discute em termos ideológicos com o ator que faz Faro. Novos ensaios se realizam e Norma decide que não pode vendê-la de modo algum, pois aquilo é um talismã familiar. Neste confronto, Solano percebe encontrar-se num jogo do qual não consegue sair. Misturando realidade e representação, e numa alusão ao primeiro movimento, Solano empunha arma e diz "Vai deixar a bruxa (o nome da tapeçaria na peça) para mim. E mais tarde nós vamos nos encontrar. Nesse bosque velho e antigo de pesadelos onde você já me matou uma vez". Mais uma vez realidade e representação misturam-se e o segundo movimento termina com Solano indo de encontro ao seu destino. O terceiro movimento apresenta Solano, Faro e Norma nos papéis de palhaço, caçador e cigana, num circo mambembe. A tapeçaria, agora, está com o palhaço achando que desta vez será o caçador e conseguirá vendê-la à cigana, alegando seus poderes mágicos. A tapeçaria levanta-se no ar, ele penetra na tapeçaria e diz: "Eu não falei? É o paraíso, madame. O paraíso". A resposta de Norma é esclarecedora: "Eu sei, meu querido, eu sei". Outra vez, levado por Norma, Solano está enredado nas malhas do seu destino, que torna a cumprir, fechando o filme, enquanto a tapeçaria volta para as mãos de Faro e Norma. O filme se ordena, portanto, "em torno de três personagens: Solano (dono das idéias), Faro (dono do dinheiro) e Norma (o sistema, detentor do poder), que manipula os outros personagens, levando-os a um confronto de resultado já previsível". Trata-se de um filme de questionamento, onde "o espectador é obrigado a não se identificar" com os personagens, ficando sempre de fora em posição de análise crítica. Tais preocupações (a luta pelo poder, a relação opressor/oprimido) são constantes na obra do cineasta Roberto Santos.

1982

2. ORTIZ, Anna Maria Balogh. O texto literário no cinema. *O Estado de São Paulo*, 27 de junho de 1982.

A autora mostra a complexidade do processo de adaptação de uma obra literária para o cinema a partir de alguns bem sucedidos projetos, tais como os dois livros de Graciliano Ramos *Vidas secas,* dirigido por Nelson Pereira dos Santos em 1963, e *São Bernardo,* dirigido por Leon Hirszman em 1972, o qual também dirigiu a adaptação da peça de Gianfrancesco Guanieri *Eles não usam black-tie,* em 1980; os contos de

Guimarães Rosa, *A hora e a vez de Augusto Matraga* e de Lygia Fagundes Telles, *A caçada,* que resultou em *As três mortes de Solano* e o romance de Fernando Sabino *O homem nu,* filmados por Roberto Santos em 1966, 1976 e 1968 respectivamente. Tais adaptações, aperfeiçoadas pelo cinema novo, atingem sucesso de bilheteria comprovado em adaptações mais recentes das obras de Jorge Amado e Nelson Rodrigues. Detalha as diferenças entre os processos da elaboração e fruição das obras literárias e cinematográficas: o trabalho individual tanto na elaboração como na fruição no primeiro caso, e o trabalho coletivo e a acessibilidade no segundo. Uma diferença significativa é como os resultados de uma e de outra obra são recebidos pelo público. A multiplicidade de sentidos espelhada em cada uma é absorvida de modos totalmente diferentes. Na literatura isto se manifesta "através do uso poético de uma única materialidade: a palavra". No filme é preciso a "interação de materialidades diversas: a palavra, o ruído, a música e a imagem com os subsistemas que ela abarca". No processo de adaptação, o cineasta pode optar por uma adaptação parcial da obra, por uma síntese das obras de um autor, pela tradução fiel etc. Neste ponto a autora pergunta: Qual das capas de significação (e interpretações possíveis) co-presentes no(s) texto(s) literário(s) será privilegiada pelo cineasta-tradutor na tradução fílmica? E passa a responder com alguns exemplos. Em *Vidas secas,* "ainda que fiel ao romance propõe uma questão iniludível na análise das adaptações". Tanto no cinema como na literatura, a transmissão da temporalidade é feita de modo diverso. No romance as divagações dos personagens "oscilam entre as agruras passadas (seca na caatinga), as incertezas futuras (de novo a caatinga seca ou a longínqua cidade grande) e as conquistas do presente (sobrevivência e permanência na fazenda)". No cinema "elimina-se a alternância temporal constante no romance em benefício da espacialidade como critério condensador e organizador dos episódios na seguinte ordem: Caatinga – fazenda – cidade – fazenda – caatinga". No universo do romance, "os tempos virtuais" constituem um desafio para o cinema. Por isto, "o belo sonho de Baleia moribunda povoado de preás enormes não é retomado no filme". Pela mesma razão a revolta de Fabiano nos é mostrada de modo bem diverso no filme, onde os cangaceiros são aparentemente mais "reais" do que no romance. Em outras partes do romance, os tempos virtuais manifestam o temor da família quanto ao futuro. No filme, a tensão de tais temores é transmitida através do ruído agudo e irritante das rodas de um carro de boi "que parecem girar com a mesma dificuldade com que os retirantes cumprem sua trajetória". Tal ruído – representante do poder fatal da natureza – intensifica-se e acompanha os retirantes "que surgem nas seqüências iniciais da imensidão da caatinga seca e nela parecem desaparecer nas seqüências finais". Em *São Bernardo*, a filmagem enfrenta outro desafio: a tradução de conceitos abstratos. Por isto, o primeiro capítulo do livro, onde Paulo Honório tece elucubrações sobre a melhor forma de narrar a história da posse de São Bernardo, é eliminado na adaptação. "O filme traduz a oposição primordial entre as personalidades e trajetórias de ambos através de usos diversos da luz e da cor da movimentação dos atores no espaço". Por exemplo, a "penumbra que invade o lugar e o discurso de Madalena constituem uma antecipação de sua morte. O uso de luzes banhando sua silhueta (recurso freqüente no filme) parece destacá-la como individualidade inassimilável como simples objeto de posse do universo rígido e materialista de Paulo Honório. No caso de *As três mortes de Solano,* "Roberto Santos inclui indagações sobre a maneira de contar a estória ausentes no conto". No livro, a grande dúvida está em saber qual o papel do narrador na tapeçaria que representa a caçada. No cinema, o cineasta traduz esta dúvida na versão fiel da estória representada pela primeira morte de Solano. "As duas versões seguintes constituem sobretudo uma experimentação sobre as possibilidade de transposição do conto original ao nível metafórico, simbólico, metalingüístico". A segunda morte no moderno cenário de um teatro e a terceira num circo decrépito, conforme demonstrado no primeiro resumo desta bibliografia. Diante da experimentação sobre o "como" transmitir um significado conhecido, e que reside a maior originalidade do filme, "o cineasta-tradutor testa os limites de sua arte". Neste ponto, a autora pergunta: "até onde o cineasta-tradutor pode jogar com as formas de construir a significação de um filme sem afetar outro fator básico: a comunicação (a relação obra – espectador) e alterar a essência do texto que traduz? No caso da adaptação cinematográfica de uma peça teatral, não obstante as expressões aparentemente similares, parece representar um desafio maior ainda. É sabido que a peça foi estreada em 1958 no Teatro de Arena, um "espaço que oferece vantagens em relação ao italiano tradicional na medida em que oferece uma maior proximidade de espectador-ação (ator) e mais opções em termos de ângulo de visão (a arena)". O cinema "permite uma mobilização ponderável nestes sentidos", pois a câmera pode nos levar ora à intimidade dos atores, ora ao plano geral, além de permitir outros ângulos. "No cinema há maior mobilidade para a filmagem de espaços diferentes, mas limitada para mudanças nos cenários teatrais". Existe uma diferença fundamental entre os modos de "ver" e vivenciar uma cena no teatro e no cinema. No filme chamam a atenção as cenas de rua e grandes massas que o "argumento da peça (seu comprometimento ideológico) parecem demandar e que, no entanto, são impensáveis no teatro: a forma original". Entretanto, no teatro, o espectador compartilha o mesmo espaço com os atores "e captando um momento único: a função daquela noite". A autora conclui que "se todo o 'ver' pressupõe uma ideologia, o resultado de várias visões nascidas de processos de representação diversos certamente constitui um desafio que está por merecer uma análise mais aprofundada".

1983

3. JOHNSON, Randal. *Literatura e cinema – Macunaíma: do modernismo na literatura ao cinema novo*. São Paulo: T.A. Queiroz, 1983.

Apresentado originalmente como tese de doutoramento defendida em maio de 1977 na Universidade do Texas, este livro confronta duas linguagens (a literatura e o cinema), com o objetivo de mostrar como, por que e quando elas se encontram. O autor pretende – e quase sempre consegue – mergulhar nas camadas dessas duas linguagens em direção ao seu horizonte comum, deixando para trás, numa superação dialética, a conversação literatura/cinema. Peirceano convicto, o autor quer, como o mestre, "tornar clara as nossas idéias" (as dele e as nossas) sobre um assunto tão complexo como é o estudo comparativo entre duas linguagens. Para essa tarefa, toma o exemplo de *Macunaíma* (o livro e o filme), não antes de fazer oportunas observações sobre as relações entre o romance e o filme e sobre o modernismo e o cinema novo. Na esteira de todo estudo semiológico que se preza, este também não prescinde da ótica ideológica. Diante da ideologia sempre nos vemos cercados pelo embaraço da riqueza. Afinal, o que não é ideológico, se até os gestos o são? Os antropólogos socorreram a tempo os lingüistas quando estes estavam perdendo o pé no universo dos ritos, daí antropologia cultural e lingüística estarem modernamente tão ligadas. Neste sentido, a escolha de *Macunaíma*, mesmo dispensada a análise comparativa livro/filme, é exemplar, pois nos remete a um momento riquíssimo da cultura brasileira. O curioso é que o modernismo, marco da emancipação cultural do Brasil, não foi uma emancipação "política", devido à indefinição ideológica dos seus participantes, fortemente influenciados pelos movimentos anarco-sindicalistas europeus. Isso muita gente ainda teima em negar. A paixão de Randal Johnson pelo cinema brasileiro não ficou apenas nesta tese: ele acaba de publicar, nos Estados Unidos, uma antologia intitulada *Brazilian cinema*, com textos de importantes ensaístas brasileiros a respeito do assunto, além de artigos do próprio ator e de Robert Stam, este também o autor de *O espetáculo interrompido: a literatura e o cinema de desmistificação*, outro "brazilianist", que, como Johnson, viveu algum tempo nestes trópicos. (Resenha de J.C. Ismael, publicada no *Estado de São Paulo*, 2 de outubro de 1983.)

1986

4. AVELLAR, José Carlos. Há uma gota de literatura em cada cinema. In: *O cinema dilacerado*. Rio de Janeiro: Alhambra, 1986.

A partir de uma especulação: "Talvez o cinema, a invenção da máquina de filmar e o contato regular com a projeção de fotografias em movimento, tenha levado as pessoas a ver, a pensar e a se expressar diferentemente", o autor pergunta brincando: "o cinema inventou o homem do século 20 ou o homem do século 20 inventou o cinema?".

Tal especulação tem início a partir da análise do livro *Amar, verbo intransitivo*, de Mário de Andrade. Não por acaso, um romance cinematográfico, como o próprio Mário escreveu em carta a Sérgio Milliet em setembro de 1923, enquanto preparava o livro. É preciso lembrar que "Braque e Picasso já tinham resolvido os problemas de montagem de filmes pintando num rosto de perfil os olhos e a boca como se tivessem sido filmados de frente". Logo, "fizeram cinema sem se servir da câmera de filmar, solucionando problemas de construção cinematográfica que os filmes só levantariam mais tarde". Carlos Drummond de Andrade também fez o mesmo em dois poemas de seu *Alguma poesia* (escrito entre 1923 e 1930): "um filme de sete planos no *Poema de sete faces* e um filme de planos curtos e fixos interrompidos por cortes secos no *Cota zero: stop*". Diante destes exemplos, o autor pergunta: o cinema não estaria presente "não só nos filmes mas também nos quadros, nas poesias, nos romances, nos textos para teatro, na música, na arquitetura, em tudo enfim, como estrutura comum, como modo de ver e pensar o mundo contemporâneo?". O romance de Mário de Andrade "não corre como texto propriamente dito, como conversa escrita ou falada, como carta ou como bate-papo, como informação contínua e linear. Corre como um filme". Quase 50 anos depois, Eduardo Escorel e Eduardo Coutinho resolveram filmar o romance de Mário, mais interessados na história de Carlos e Fräulein do que na forma usada por Mário. O resultado – *Lição de amor* – foi uma "construção mais linear, destacando mais o enredo do que a estrutura fragmentada da narração. Outro exemplo de romance cinematográfico não pensado pelo autor como filme: *Vidas secas,* de Graciliano Ramos. A transposição feita aqui por Nelson Pereira dos Santos é diferente, tomou o livro mais como roteiro, devido à estrutura narrativa do romance, que é mais próxima do romance e do interesse do cineasta em documentar a agonia daquela família, aquelas "vidas secas". O mesmo aconteceu com a filmagem de *São Bernardo,* também de Graciliano Ramos. Ao filmar, Leon Hirszman "disse que se comportara como um músico que interpreta a melodia escrita por outro músico". Nem precisou fazer roteiro, o livro foi o próprio roteiro, a fonte de trabalho para toda a equipe. O personagem Paulo Honório conta sua história para a câmera, assim como no romance conta para o livro. Segue-se uma análise cinematográfica do romance entremeada com uma análise literária do filme, colocando-o numa perspectiva política, a ditadura, que o país vivia na década de 1970. Uma época em que havia um estímulo às adaptações literárias. Em 1975 foram selecionados cinco roteiros pelo Instituto Nacional do Cinema para concorrer à Coruja de Ouro, todos eles tirados de livros: *Guerra conjugal* (Dalton Trevisan); *A extorsão* (Rubem Fonseca); *O casamento* (Nelson Rodrigues); *A lenda de Ubirajara* (José de Alencar) e *Lição de Amor* (Mário de Andrade). "De um certo modo nos textos modernistas é que nasceram os roteiros de filmes que fizemos a partir de década de 1960". Se em 1922 a literatura usou o cinema como ponto de apoio para exorcizar o anacronismo, "a partir da década de 1960, e mais acentuadamente a partir de 1970, o cinema usou a literatura como ponto de apoio para se livrar da prosa acadêmica do cinema estrangeiro e passar a escrever brasileiro. A experiência modernista começou a ser repetida num outro contexto". Tal questão nos remete ao roteiro. Por que anotamos os filme no papel antes de filmar? Que relação existe entre o texto e o filme que nasce dele? Nelson Pereira dos Santos ao adaptar *Tenda dos milagres,* de Jorge amado, tomou o livro apenas como indicação básica. Ele disse "Um filme a gente filma, não escreve". No cinema mais artesanal, o roteirista é dispensável, "quem escreve mesmo é a câmera". Sua utilidade se faz sentir no cinema industrial, com uma divisão de trabalho bem definida. O roteirista Leopoldo Serran diz: "não creio mesmo em cinema de roteiro, em marcar no papel como fazer o filme. Meu trabalho é literário, mas eu preciso saber quem vai dirigir o filme para tentar descobrir o que ele quer e se eu posso trabalhar com ele". Seus roteiros são talvez um dos sinais do toque de literatura que passou a alimentar parte da produção cinematográfica da metade da década de 1970 para cá. São roteiros satisfeitos com ele mesmo, "acabado nele mesmo, contente com a função de estimular a criação de imagens em movimento". Cacá Diegues diz que seus filmes são escritos como "uma espécie de novela cinematográfica", procedimento seguido também por Orlando Senna e Geraldo Sarno. "A narração já não depende da fotografia que faz do real, mas de uma certa gota de literatura que informa previamente cada uma das fotos. O cinema passa a ser menos fotografado e mais literatura". De qualquer modo, a questão do roteiro permanece: de onde vem o hábito de escrever os filmes antes de filmá-los? A resposta tem muitos desdobramentos. Um deles é a relação de troca de informações entre "a imagem e a palavra, entre cinema e literatura, vontade de ser uma coisa e outra". O fato é que "textos interferem no modo do cinema. Filmes interferem no modo da literatura". Para concluir, o autor afirma que "a presença de uma gota de literatura de 1922 no cinema de 40 anos mais tarde (bem como a presença de uma gota de cinema na literatura de 1922) é uma coisa natural". Foi o resultado de uma busca comum, "de descobrir e inventar o país e liberto deste sentimento colonizado". Um sentimento que nos leva a reproduzir formas, modelos e sistemas de trabalho copiados dos países hegemônicos. Neste sentido, o AI-5 foi um esforço reacionário e conservador para impedir nosso desejo de sermos independentes dos modelos propostos pelos países industrializados.

1991

5. ISMAEL, J.C. Hemingway no cinema. *O Estado de São Paulo*, 6 de julho de 1991.

Porque a obra de Hemingway, tão ligada à aventura e tão glorificada pelo público, não obteve prestígio quando transposta para as telas do cinema? Anthony Burgess acha que "a natureza essencialmente 'literária' de sua obra frustra a transposição para a linguagem visual do cinema". Mas há quem ache o contrário, pois seu estilo enxuto tem tudo para ser a matéria-prima de filmes muito mais importantes que os produzidos até agora. Logo após o sucesso editorial de *O sol também se levanta*, Louis B. Mayer se interessa pela sua filmagem, mas não consegue devido a desavenças com Hemingway em 1926. Mais tarde, *Adeus às armas*, saudado como um dos melhores romances de guerra, interessa ao diretor Frank Borzage, que convence a Paramount a bancar o projeto. O filme estréia em 1932 com Gary Cooper e Helen Hayes nos papéis principais e obtém apenas um Oscar para o diretor de fotografia Charles Lang.

Em 1951, "a Warner faz uma tola refilmagem com William Holden e Nancy Olson", chamada *Quando passar a tormenta*, com direção de Michel Curtis. Uma terceira versão é feita em 1957 contando com o grande roteirista Ben Hecht e estrelada por Rock Hudson e Jennifer Jones, com direção de Charles Vidor. O filme, desta vez, consegue destacar dois italianos: o ator Vittorio de Sica e o autor da trilha sonora, Mário Nascimbene. Em 1943 é a vez de *Por quem os sinos dobram*, sobre a Guerra Civil Espanhola, onde Hemingway participou como jornalista. Com Gary Cooper e Ingrid Bergman nos papéis principais, sob a direção de Sam Wood, o filme arranca "lágrimas da platéia e tímidos aplausos da crítica". O próximo filme é baseado na novela *To have and have not* (1937), considerada "a pior coisa escrita por seu autor". Para compensar, a Warner contrata William Faulkner para, em parceria com Jules Furthmam, escrever o roteiro. O filme – que no Brasil foi intitulado *Uma aventura na Martinica* – mesmo dirigido por Howard Hawks e tendo Humphrey Bogart como ator, foi mais elogiado pelas canções de Hoagy Carmichael e Johnny Mercer e pela estréia de Lauren Bacall. Em 1950 o diretor de Casablanca, Michael Curtiz refilma a novela com o título de *Breaking point* (*Redenção sangrenta*), mas também fracassa apesar da presença de John Garfield no elenco. Em 1946 a Universal se dispõe a adaptar um conto que não oferecia possibilidades para ser filmado, mas foi o que mais agradou ao próprio Hemingway. *The killers* (*Os assassinos*) reuniu uma equipe de profissionais competentes, tendo na direção Robert Siodmak, no roteiro Anthony Willer, na fotografia Woody Bredel e trilha sonora de Miklos Rozsa. Para completar, o elenco conta com Ava Gardner e a estréia de Burt Lancaster e William Conrad. Outro conto é filmado em 1947 sob a direção de Zoltan Korda, com Gregory Peck, Joan Bennet e Robert Preston, intitulado *The macomber affair* (*Covardia*). Este "é tido por muitos críticos como o melhor filme de um texto de Hemingway". Dois anos depois, o diretor Jean Negulesco realiza *Under my skin* (*Vingança de um destino*), também extraído de um conto, mas não escapa do desastre. Mais um conto – *The snows of Kilimanjaro* (*As neves de Kilimanjaro*) – vira filme com a direção de Henry King em 1952. É a história de um escritor em crise existencial que escolhe a África para morrer. Apesar de ser estrelado por grandes atores: Ava Gardner, Gregory Peck, Susan Hayward e Leo G. Carrol, o filme alcança resultados apenas sofríveis. Em 1957 a Fox resolve filmar aquele que é considerado o mais biográfico romance de Hemingway, *The sun also rises* (*O sol também se levanta*), sua primeira obra que interessou aos cineastas. Não obstante o elenco imbatível – Tyrone Power, Erroll Flyn, Ava Gardner e Mel Ferrer – seu lançamento em 1957 não causou o estouro de bilheteria pretendido. A história de um grupo de expatriados que procura Paris na década de 1920 como um refúgio para "escapar do tédio existencial, com todas as elucubrações a que o assunto dá direito" foi considerada "intelectualizada" demais. Em 1952, *O velho e o mar* foi lançado e não se imaginava que pudesse ser filmado. A Warner acreditou no projeto e convidou Peter Viertel para fazer o roteiro. Apesar dos esforços do diretor John Sturges, da trilha sonora de Dimitri Tiomkim e da interpretação de Spencer Tracy, o filme foi outro fracasso. Para concluir, temos a filmagem da novela póstuma *Islands in the stream*, resultando em *A ilha do adeus*, dirigido por Franklin Schaffner em 1977. Segundo Anthony Burgess "o livro só interessa aos estudiosos da psique atormentada de Hemingway", cuja temática o diretor não soube captar. É a história de um pintor e escultor (interpretado por George C. Scott) que perde toda a família e que faz de tudo para distrair a dor de tantas mortes. A história se constitui para Hemingway em "material de primeira para mais uma variação daquele que pode ser considerado o tema único de sua obra: o homem carrega, na certeza da morte, ferimento incurável, e por isso procura na ação a única transcendência possível". Pois, bem, e quando nem a ação é mais possível, agravado até pela impossibilidade de escrever sobre ela, o que fazer? "Hemingway deu a resposta na solidão da sua casa, em Ketchum, no dia 2 de junho de 1961".

6. AVELLAR, José Carlos. A literatura dentro do cinema. *O Estado de São Paulo*, 20 de abril de 1991.

A sinopse deste artigo diz que "a tensão entre letra e imagem, entre cinema e literatura está presente em quase todos os trabalhos de Bertolucci, especialmente em *O céu que nos protege*, com participação do autor do livro inspirador do filme". Relata uma cena do filme, onde os atores (três turistas) conversam animadamente num café em Marrocos. "A movimentação no café por trás dos três turistas americanos é ação secundária, é movimento que do ponto de vista dramático não se mexe". Mas bem lá no fundo da cena algo se mexe sem que o espectador perceba seu movimento. Trata-se de um homem sozinho sentado noutra mesa do café. Ele traz "o rosto marcado pelo tempo com uma expressão quieta e sofrida". Parece não fazer parte da cena, "não se parece com a gente do Marrocos nem com os outros turistas. Está ali como um figurante mal escolhido para a cena". O homem é Paul Bowles, o autor do romance que serve de base para o filme de Bertolucci. Ele está ali "como o autor da história que está sendo contada, como o criador daqueles personagens que conversam diante dele". É como se o autor estivesse interpretando o autor, "um personagem que não existe na ficção que escreveu para contar o que viveu de verdade com sua mulher no Marrocos" na década de 1940. Quando os turistas se retiram do café, a câmera se aproxima do rosto "deste estrangeiro nem dentro nem fora da história". O homem faz um breve comentário e fica parado, calado. A câmera dá um close em seu rosto, "junto com uma voz sussurrada, conversa interior", refletindo sobre a cena que acabou de passar, bem como lamentando que o começo da história ocorresse daquele modo. Trata-se de um jogo de espelhos onde o autor do livro, Bowles, vê-se frente a frente com o ator John Malkovich, que interpreta o papel do autor, para falar de si mesmo. Bowles só volta a aparecer no final do filme, no mesmo café para fazer o mesmo jogo de espelhos, agora entre o autor e a personagem que ele criou para falar de sua mulher. Dá-se, então, outro breve comentário/diálogo sussurrado tal como no início do filme. Bertolucci disse que pediu a Paul Bowles que apenas "mostrasse no rosto o sofrimento da memória, uma vez que o filme ocorreu 40 anos depois do acontecido e narrado em livro". Explicou, também, que "decidiu chamá-lo para este pedaço do filme porque desejava colocar a literatura dentro do cinema, em pessoa". Pois, na adaptação "fora obrigado a eliminar tudo que existia de literatura para ficar só com a história, para chegar mais perto dos personagens". É o que faz Bertolucci em seus filmes: "eliminar a natureza literária de um texto para melhor adaptá-los para o cinema". Isto foi feito neste filme; em *Antes da revolução* (1964), inspirado em Stendhal; *Partner* ((1968), inspirado em Dostoiévski; *A estratégia da aranha* (1970), baseado em Borges, e *O conformista* (1970), baseado em Moravia. Esta prática não se dá apenas com textos literários, mas também com textos originalmente feitos para cinema, como *La commare secca* (1962), baseado em Passolini, como "aqueles que escreveu com outros colaboradores especialmente para seus filmes, *Último tango em Paris* (1972), *1900* (1976), e o *Último imperador* (1987). A tensão entre a escrita e a imagem, entre literatura e cinema, é uma tensão aguda nos filmes de Bertolucci, mas certamente presente em todo e qualquer filme". Andrzej Wajda utilizou o mesmo recurso em *Crônica de acontecimentos amorosos* (1985). Chamou o autor do romance em que se baseia o filme, Tadeusz Konwicki, para atravessar a cena como o autor entre seus personagens. O espectador que perceber o escritor Paul Bowles no fundo da cena, o autor como espelho, a literatura dentro do cinema, compreenderá "de que modo se dá esta tensão entre palavra e imagem no filme". O que predomina na cena são os atores falando e gesticulando muito, enquanto no fundo observa-se um homem (o próprio autor) que nada diz e nada faz, mas que está ali para expressar "a ação importante de verdade na estrutura do filme". Os atores falam, comentam, excedem-se em palavras, mas a imagem não parece interessada em acompanhar o que eles dizem. "Sai noutra direção, vê outras coisas. Não diz, não narra, não escreve: torna presente". O espectador pode se surpreender com o longo final do filme sem palavras. Mas, o fato é que as palavras estão lá, mas sem legendas. São conversas em árabe que, obviamente, nada se entende e não precisa para se entender a história que termina. O que importa (para o espectador) é o quadro, a luz, a cor, o rosto, o som. Bertolucci, de certo modo, como Paul Bowles, também se coloca diante do espelho e não apenas neste filme. Quando o protagonista leva a mulher "para ver o ponto em que a gente se sente mais perto do céu que nos protege das coisas que existem lá fora está fazendo do espaço aberto do Saara algo parecido com o apartamento em que os amantes de *Último tango em Paris* se refugiavam de suas identidades e do resto do mundo; e parecido ainda com os muros da cidade proibida onde o último imperador era isolado do resto do mundo". O espectador, dentro da sala fechada do cinema, também está protegido das coisas que existem lá fora; "porque vê um personagem que age bem como o espectador está agindo no instante em que vê o filme: um personagem que se despersonaliza para viver uma experiência dos sentidos". Bertolucci se serve da música utilizada em *O céu que nos protege* do mesmo modo que se serviu em *Último tango em Paris* e *O último imperador*. O modo como usou a fotografia – o tom amarelo-alaranjado intenso, vivo – predomina em outros filmes: *O conformista*, *A estratégia da aranha* e *La luna*, só que nestes utilizou a cor azul. Quem perceber e compreender a presença de Paul Bowles no fundo da cena inicial e final do filme "estará mais perto dessa coisa que nos filmes de Bertolucci fica por trás da história, como quem não diz nada nem faz nada: a textura da imagem, a natureza da imagem". Estará mais perto do que importa nestes filmes: as cores bem realçadas, a fala de quando em quando, língua estrangeira como palavras que não se entende. "Existe uma coisa que é só livre associação, como um sonho; que é só a parte sensual da imagem (que é só cinema); que envolve e fecha o espectador num espaço mágico; que é imagem cujo sentimento e entendimento dependem necessariamente da condição de espectador de cinema".

1993

7. GIMFERRER, Pere. *Literatura y cine*. In: *Itinerario de un escritor*. Barcelona: Editorial Anagrama, 1993. p. 74-98.

Trata-se da transcrição de uma conferência proferida pelo autor em 27 de novembro de 1990, como inauguração do ciclo "Literatura i cinema occidentals" do Cine Club Sabadell, de Barcelona. Coloca o assunto sob uma dupla perspectiva: um cineasta diante da literatura e a relação, em sentido amplo, entre literatura e cinema. Para isto enfoca dois diretores conhecidos: Jean-Luc Godard e Vincent Minnelli. Godard, "um cineasta que queria ser escritor, quando iniciava uma história, escrevia: 'O trem chega à estação'. E passava horas refletindo: 'Bem, o trem chega à estação. Por que não dizer: o trem chega à estação. O dia está bonito'". Este é o problema essencial da diferença entre estes meios. Na literatura não é essencial dizer se o dia está bonito ou chove. Mas, no cinema é inevitável demonstrar se o dia está assim ou assado, se há pessoas na plataforma ou se está vazia, como são estas pessoas etc. Escritores como Dostoiévski, Balzac ou Dickens "têm uma linguagem muito visual e constituem a base de boa parte de nossa cinematografia". Quando descrevemos uma casa num romance, não necessitamos mais falar disto se não quisermos. Porém, no cinema quando se filma uma casa, esta casa será filmada com tudo que faz parte dela sempre que ocorrer ali uma cena qualquer. Diante disto, existem diversas atitudes. A mais extrema é de diretores como Minnelli ou Visconti, que fazem com que o visual se converta em protagonista narrativo do filme. Já no caso de Godard, "com uma inclinação mais literária, não podia deixar de pensar: 'Por que fragmentar a realidade? Por que não a conto inteira?'" Godard é o limite do intelectual que fica entre o cinema e a literatura. Minnelli também conseguiu um resultado visual que marcou época e atingiu seus objetivos de cineasta: uns personagens que se constroem numa espécie de mundo privado, uma projeção de um sonho interior, que vai sendo destruído pela realidade. O trabalho feito por Minnelli gerou uma tradição iconográfica que influenciou Visconti, De Sica e Bertolucci, entre outros. Trata-se de "uma influência semelhante àquela que se dá com a literatura". Com este exemplo, o cinema pode reafirmar sua própria tradição, independente da literatura. Até aqui temos falado do aspecto visual. Falemos, agora, do aspecto argumento. O cinema argumental parece destinado a contar histórias, "e neste sentido se encontra no mesmo ponto do ano 1915, quando Griffith realizou *O nascimento de uma nação*". Qual pode ser o modelo para contar histórias? O teatro ou o romance? A princípio foi o teatro, mas não tardou para que se tomasse o romance como modelo. Utilizou-se o tipo de narração de Dickens, que tinha o hábito de ler Dostoiévski e apresentar os personagens como este fazia, ao mesmo tempo em que isolava elementos da filmagem, enfocando apenas um aspecto. Este é o principal feito de Griffith. Pode-se filmar uma parte da face, um detalhe. Esta é a base a partir da qual o cinema funciona desde 1915 até agora. Nos anos 1920, a idéia é que o cinema, ainda que a totalidade da imagem caiba dentro de cada plano, pode, com a montagem, que se converte no mais importante, fragmentar ao máximo a realidade. Exemplo disto é *O encouraçado potemkim*, de Eisenstein. À parte as questões teóricas, não se pode desconsiderar os aspectos técnicos. As câmeras daquela época não tinham a mobilidade de hoje, não havia gruas e tampouco "*travellings*", manuais etc. Com tais técnicas não haveria necessidade de fragmentar tanto a realidade, como fez Eisenstein. "A fragmentação da imagem corresponde a um determinado momento da história do cinema em consonância com as teorias da vanguarda nas artes plásticas". Mais tarde poderá se fragmentar ao máximo, sabendo que cada imagem será completa em si mesma – será um fragmento da realidade, mas completa enquanto imagem –, ou bem se pode não fragmentar e restituir a ilusão da totalidade do espaço e do tempo. Ou seja, aproveitar ao máximo uma possibilidade latente do cinema. É o que faz Godard, que se decide a fazer cinema por que não quer separar o trem que chega à estação do bom tempo em que isto acontece, quando se põe a dirigir, dedica-se sistematicamente a fragmentar a realidade. "Ele não foi um grande escritor, mas foi um grande escritor para o cinema. Seu material literário só existe como material para o cinema, carece de valor autônomo". Sua fragmentação reflete a fragmentação do mundo moderno e o caráter enciclopédico que sua geração possui de toda a história do cinema. Assim, chegamos a uma estética moderna, a estética do instante, que se dá em diversas artes: plásticas, com a arte abstrata, a gestual, o instante musical, o poético. O poema quer deter o instante, decompô-lo, para deter a percepção corrente do tempo e ver o que há por trás dessa percepção. O mesmo se dá com a literatura moderna, com o monólogo interior no romance de James Joyce, ou na proposta de Proust, *Em busca do tempo perdido*. De qualquer modo, trata-se de fazer algo que funciona a partir da força visual. No cinema, "todas as sensações, todas as emoções, todas as idéias, devem ser postas visualmente". Mesmo com os diretores europeus, ou com os americanos mais jovens, o princípio continua: necessariamente, o tratamento visual deve ser o único que importa ante o espectador. Como dizia Hitchcock: "Um cinema é uma sala de poltronas que é preciso encher". Só pode aspirar a entreter com sua força visual. Mais uma pergunta: "por que o cinema tem que ser sempre uma narração, nos termos formulados por Griffith, inspirando-se em Dickens? Deve ser sempre uma narração de fatos, com sucessão cronológica?" No mundo da literatura, os sistemas de renovação das estruturas narrativas se iniciam nos anos 1920, chegam ao cinema nos anos 1940, são dominantes em ambos durante os anos 1960 e 1970 e depois tanto o cinema como a literatura acabam por voltar à narração tradicional. Isto me parece um bom sinal, não obstante meu pessimismo em relação à literatura e mais ainda ao cinema. Pessimismo decorrente do fato de estarmos vivendo "uma claríssima claudicação do cinema americano". Deu-se o que se chama de "processo de infantilização do público". Os filmes não se dirigem ao público adulto, como acontecia nos anos 1960. Parece que desde *Guerra nas estrelas,* os diretores só pensam nos garotos de 15 anos. Na literatura, isto não ocorre. Atualmente a literatura não é pensada exclusivamente para um público adolescente ou muito infantilizado. Isto nos remete a outra pergunta importante: a literatura e o cinema terão de manter forçosamente uma correlação que determine que o cinema explique sempre histórias? Tudo que passa na tela tem ou não uma explicação lógica? Se tem, estamos fazendo uma narração semelhante à narração literária tradicional. Se não tem, estamos inventando uma possível forma autônoma de narração cinematográfica. Neste caso, temos poucos exemplos, tais como *Noturno 29*, de Pere Portabella, *A idade de ouro* e *O anjo exterminador*, de Buñuel. Neste ponto, encontramo-nos numa situação não muito diferente da literatura. A literatura experimental de Rimbaud, por exemplo, começou com um livro – o único publicado em vida –, que foi distribuído a uma dúzia de leitores e, a partir daí, foram vendidos milhões de exemplares. Assim, "creio que o cinema de narração clássica equivale ao romance clássico, e um cinema mais experimental, destinado a circuitos semelhantes à poesia", circuitos inicialmente mais reduzidos, mas cada vez mais amplos. "São estas as tendências que vejo desenhadas".

2000

8. POOLE, Steven. A difícil tradução cinematográfica de Nabokov. *O Estado de São Paulo*, 10 de setembro de 2000.

Relata as dificuldades encontradas pelo diretor holandês Marleen Gorris para filmar o romance de Vladimir Nabokov *The Luzhin defense*, segundo o próprio escritor "uma viagem à mente desarticulada de um gênio" e seu livro "que mais irradiava calor". Conta a história de um jogador de xadrez, Alexander Luzhin, que compete num campeonato mundial, numa cidade italiana, em 1929. Na ocasião ele se apaixona por Natália, uma moça aristocrática, e estão para casar, quando surge na cidade seu mestre Valentinov, o homem que o transformou num prodígio e depois o abandonou. Na medida em que se aproxima o embate final com Turati, seu maior rival, ele desconfia que Valentinov tem interesse em sua derrota. O filme é tido como a adaptação de Nabokov que mais se aproxima de sua obra. Todos os principais incidentes do romance estão presentes no filme". Não obstante o fato, "o filme captura a borboleta da concepção de Nabokov e a deixa inerte, alfinetada sob uma tela de vidro". Trata-se de uma dificuldade real, pois como filmar a cena onde Luzhin em plena briga pelo campeonato mundial, descrita no livro da seguinte forma: "Uma espécie de tempestade musical dominou o tabuleiro e Luzhim buscava obstinadamente nela a nota clara e brilhante de que precisava para amplificá-la e transformá-la em harmonia tempestuosa". O diretor fez o que pode, recorreu até o mestre britânico Jon Seepelman, que escreve sobre o jogo para o *Observer*, para que ele determinasse as seqüências dos movimentos de Luzhin. "É um sucesso esplêndido, mas pela metade... pois o filme não pode fazer nada com relação ao mais que o xadrez significa, no texto de Nabokov: um padrão fatal que penetra furtivamente na percepção do mundo e da vida, na mente de Luzhin". Diante de tal dificuldade, o diretor tem que mudar o foco narrativo, passando a enfocar Natália como protagonista, divida entre dois amores. Desse modo, "O que era uma narrativa belamente estruturada, um drama mental, torna-se uma espécie de pobre romance de costumes... que não tem nada ver com o romance". Mas, Gorris não é o único a se dar mal na empreitada de adaptar Nabokov. Stanley Kubrick considerou um fracasso sua versão de *Lolita*, feita em 1962. O próprio Nabokov foi convidado para fazer o roteiro, e entregou um manuscrito de 400 páginas que não foi usado. Em público, o escritor elogiava o filme, mas reservadamente dizia que "o filme é apenas um acanhado e borrado lampejo do quadro maravilhoso que imaginei... Não quero dizer com isso que o filme de Kubrick seja medíocre. Como filme, é uma produção de primeira classe, mas não é o que eu escrevi". Kubrick também lamentou o filme como "tímida tradução de um romance cuja glória era sua voz narrativa singular". Outro fracasso de Nabokov nas telas foi *A noite infiel*, dirigido por Tony Richardson, em 1969. A ação do romance se passa em Berlim do anos 30 e no filme é transferida para Londres dos anos de 1960. *Rei, rainha, valete*, dirigido por Jerzy Skalimovski em 1973, também não teve destino melhor. Mas o desastre maior ocorrido com uma adaptação talvez tenha sido o filme *Despair* (1978), dirigido por Fassbinder e roteiro de Tom Stoppard. No romance toda a trama se desenvolve em torno do protagonista, que, cansado da vida, vê um sósia e planeja matá-lo para roubar sua identidade. Mas, só no fim do romance, vê-se que o sósia não se parece em nada com ele, um paranóico que é imediatamente preso. No filme, vê-se desde o princípio que os dois não se parecem, o que faz perder toda a tensão dramática da história. Com tal lista de fracassos, pode-se dizer que ainda não existiu diretor suficiente para adaptar Nabokov. Segundo o autor, talvez tenha surgido um: Alfred Hitchcock. Nabokov o conheceu e trocaram correspondência. Chegou a comentar que Hitchcock tinha um humor negro parecido com o seu. Por sua vez, Hitchcock pediu para que ele fizesse o roteiro de *Frenesi*, mas não houve tempo de os dois trabalharem juntos.

9. GULHERME, Augusto. Quando o cinema brasileiro encontra a literatura nacional. *Agulha, Revista de Cultura*. Fortaleza/São Paulo, nº. 6, setembro 2000.

Breve ensaio demonstra que as origens do cinema brasileiro moderno não se encontram apenas no neo-realismo e na "nouvelle vague", como se propaga insistentemente. Percebe-se uma marcante influência da literatura, "não apenas do ponto de vista temático, mas sobretudo na narrativa herdada do romance brasileiro moderno. Cacá Diegues já se pronunciou sobre isto na década de 1980, ao qualificar a literatura do Brasil "como a maior influência cultural do cinema brasileiro". Ele atribui a escritores como Graciliano Ramos, Oswald de Andrade e Guimarães Rosa, entre outros, grande influência sobre o cinema novo. "Está claro que Diegues refere-se a uma estética que inclui temática, narrativa, estilo, ou seja um conjunto de características comuns tanto a escritores como cineastas. Segundo o pesquisador Anco Márcio Tenório Vieira, tais aspectos temáticos e ideológicos são predominantes nos romances, contos e novelas das décadas de 1930 e 1940 e que "a partir desses aspectos é possível entender, em parte, o porquê do resgate das literaturas dos anos 30 e 40 pelos cineastas na década de 1960 e 1970". O movimento estético cinematográfico que nasceu com o cinema novo teve como base a literatura dos citados autores. Basta ver o "nacionalismo cultural crítico" que permeou o cinema novo e a literatura produzida nos anos de 30 e 40 do século passado. Há quem diga, como Jean-Claude Bernadet, que o cinema novo recorreu a esta literatura apenas porque necessitava de um "patrono" para legitimar sua estética, uma vez que já havia alcançado um grau considerável de sofisticação cultural. Sem entrar nesta discussão – se é influência autêntica ou força legitimadora, o fato é "que a literatura, a partir da década de 1960, desempenhou papel fundamental para o cinema nacional, para a afirmação de um Brasil real, utopia (?) de boa parte dos bons cineastas tupiniquins". Basta ver o número de grandes obras literárias transpostas ou traduzidas para o cinema no período 1960-1980. Citamos alguns: *Vidas secas* (Graciliano Ramos/Nelson Pereira dos Santos), em 1963; *Menino de engenho* (José Lins do Rego/Walter Lima Jr.), em 1965; *A hora e a vez de Augusto Matraga* (Guimarães Rosa/Roberto Santos), em 1966; *Macunaíma* (Mário de Andrade/Joaquim Pedro de Andrade), em 1969. Glauber Rocha é um caso a parte, pois seus filmes não eram adaptações de livros. No entanto, "seu estilo polêmico parecia, nos momentos realmente geniais do diretor, uma herança da narrativa moderna transposta da literatura". No momento, a tímida produção cinematográfica não permitiu a investida dos diretores na literatura. Mas podemos contar com *Outras estórias*, exercício audiovisual de Pedro Bial sobre o universo de Guimarães Rosa e a versão cinematográfica de *Memorial de Maria Moura*, de Rachel de Queiroz. A filmagem de *Casa grande & senzala*, de Gilberto Freyre, vem sendo perseguida há anos. Joaquim Pedro de Andrade bem que tentou há mais de 20 anos, mas ficou apenas no roteiro. Concluindo, o fato é existe até hoje "uma intenção em reconstruir uma 'realidade brasileira'... com características sociais e culturais diversas e marcantes, configurando-se potente argumento cinematográfico, cuja fonte está na literatura nacional. E foi este viés que deu modernidade à linguagem cinematográfica brasileira e distinguiu o nosso cinema internacionalmente".

2001

10. DOCTOROV, E.L. Cinema tornou-se a mais forte influência para os romancistas. *O Estado de São Paulo*, 26 de agosto de 2001.

Análise da influência do cinema sobre a literatura. Os romancistas de hoje já não são tão detalhistas como antes, quando não havia cinema para mostrar uma paisagem. "O romance do século 20 reduz ao mínimo o discurso que trata de ambientes, currículos de personagens e que tais". Além disso, o surgimento do cinema "coincide com a tendência dos romancistas de conceberem composições menos em sinfonia e mais em estilo-solo, obra personalista e íntima que exprime a consciência em funcionamento". Após um século, pode ser que os filmes não consigam fazer para a literatura mais do que já fizeram. "Neste momento, os filmes começam a afirmar sua natureza essencialmente não literária e a fazer de suas convenções uma forma artística independente e retraída, como a pintura". Os filmes são cada vez menos verbosos, criaram sua forma de expressão. Quando se fala em "linguagem cinematográfica, talvez seja um contra-senso. O filme desfaz o raciocínio literário; depende principalmente de uma associação de impressões ou entendimentos visuais". A conclusão que se tira disso é que "hoje, o filme é onipresente". Sua popularidade é enorme e chega a todas as classes e níveis de instrução. Talvez, no futuro, a queda dos custos de produção, a feitura de filmes computadorizados, feitos digitalmente seja um elemento importante para a cultura. Um jovem poderá se sentir muito atraído quando puder realizar um filme de modo tão viável quanto escrever um livro. Tal futuro poderá "desbancar a composição lingüística como ato de comunicação de nossa cultura – eis uma perspectiva que considero só menos medonha do que o aquecimento global". Quando se vê boas resenhas de filmes medíocres, imaginamos que talvez seja o patrocínio dos filmes que obrigue a isto, mas também pode ser que, embora inconscientemente, os críticos "queiram reafirmar ou defender a cultura impressa submetendo a experiência cinematográfica não literária, boa ou má, às extensões do raciocínio sintático".

2002

11. CARDOSO, Luiz Miguel Oliveira B. Do romance ao filme: (re)criação em *Cântico Final* de Vergílio Ferreira. *Alceu*. Lisboa, v. 2, nº. 4, junho 2002.

A literatura e o cinema enquanto sistemas semióticos com características particulares e distintivas conheceram, ao longo das suas relações, momentos de aproximação, interseção e dissídio. A transposição para o cinema de um texto literário revela não só as dificuldades inerentes à conjugação de sistemas significativos diversos, mas também a tarefa sinuosa de recriação estética em imagem de uma mensagem escrita. A adaptação para o cinema do romance *Cântico Final,* de Vergílio Ferreira, espelha, com singular exemplaridade, linhas de convergência e de divergência entre o texto narrativo e a narrativa cinematográfica. Da comparação entre o romance e o filme nasce uma breve reflexão concernente aos dois sistemas semióticos, revelando ainda questões como a opinião do escritor relativamente ao filme, as dificuldades da adaptação do romance, dada a sua profunda cosmovisão e complexidade ideológica, artística e literária, bem como a liberdade (re)criativa do realizador. (Resumo do autor)

12. ANDRADE, João Batista de. *Portal dos sonhos*. São Paulo: EFSC, 2002.

A inclusão deste romance – escrito por um autor mais conhecido como cineasta – nesta bibliografia se deve ao interesse em apresentar mais uma faceta da relação literatura-cinema. Poderíamos dizer que se trata de um exemplo concreto do cinema influenciando a literatura, de fazer literatura utilizando alguns recursos narrativos do cinema. Para isto nos valemos da resenha do livro feita por Mauro Rosso e publicada no *Jornal do Brasil* em 20 de julho de 2000. O livro conta a história de Alexandre, um homem dividido entre o mundo real (trabalho e família) e sua capacidade de sonhar. A diferença entre estes dois universos causa-lhe um profundo desconforto, que acaba por transmiti-lo à sua filha Beatriz. "O confronto trágico entre as frustrações de Alex e a existência concreta de Beatriz é o fio condutor dessa história, que lida com o sonho, um elemento recorrente no cinema, do expressionismo alemão a Stroheim, de Resnais a Godard". Segundo Rosso, "Não poderia ser de outra forma, pois João Batista de Andrade é antes de tudo cineasta – e imprime a *Portal dos sonhos* o teor, o timbre e o 'timing' cinematográfico, e não o literário. A narrativa se faz em quadros e planos, como num filme. Qual diferentes tomadas, utiliza mudanças de foco narrativo (de resto, recurso também comum e genericamente usado na literatura). A narração corre veloz. De uma seqüência chega-se a outra sem intermediações, nem explicações. Os personagens são desenhados superficialmente, sem o esmero e detalhamento descritivo comum à literatura – mas como no cinema, um retratar rápido e sumário (já que o espectador vê), como se o leitor os estivesse vendo em imagem, numa tela de cinema ou de TV, e não delineando-os na imaginação. Assim também a própria ação e as reflexões do narrador aparecem como que anotações geralmente feitas em meio ou à margem do texto de roteiro cinematográfico. Na essência, o texto de *Portal dos sonhos* não expressa, em sua construção, uma personalidade própria, ficando a meio-caminho entre o cinematográfico e o literário".

2003

13. FURTADO, Jorge. A adaptação literária para cinema e televisão. *10ª Jornada Nacional de Literatura*, Passo Fundo, RS, agosto de 2003.

Aborda o tema sob dois pontos de vista: o técnico ou estético e o ético. No primeiro, apesar das muitas diferenças entre a linguagem escrita e a linguagem áudio-visual, elege três diferenças fundamentais: 1) Na linguagem áudio-visual toda a informação deve ser visível. Isto é óbvio, "mas quem já tentou fazer um roteiro sabe como é difícil evitar a tentação de escrever". No roteiro as palavras abstratas são proibidas; pensa, lembra, esquece, quer ou percebe são muito difíceis de se expressar no cinema. 2) Diz respeito à natureza dessas linguagens, que pode ser analisada a partir de uma frase de Umberto Eco: "toda a narrativa se apóia parasiticamente no conhecimento prévio que o leitor tem da realidade". O leitor diante do texto imagina sua própria cena de acordo com sua bagagem, sua vivência. Assim, "o escritor nos informa apenas aquilo que ele julga ser necessário, o leitor imagina todo o resto". Por exemplo, Kafka inicia *A metamorfose* com "Ao despertar após uma noite de sonhos agitados Gregor Samsa encontrou-se em sua própria cama transformado num gigantesco inseto". Na literatura é considerada, talvez, a melhor primeira frase de um romance. Mas no cinema, é preciso fazer a "parte do trabalho do leitor. Qual a cor do inseto? É uma cama de madeira ou de metal? Qual a cor das paredes do quarto? Como é a luz do quarto?...". Por esta razão muitos leitores se decepcionam diante das "imagens criadas pelo cineasta e diz: gostei mais do livro". Um exemplo oposto pode ser visto num livro de Dashiel Hammet, "o mais filmável dos romancistas". É a descrição de alguém ao entrar numa casa: "Havia duas mulheres na sala. As duas estavam nuas, mas só uma estava morta". A cena já está pronta. 3) No cinema, como na música, o tempo de apreensão das informações "é definido exclusivamente pelo autor", enquanto na literatura (ou na pintura) somos nós leitores que estabelecemos o tempo de leitura. Outras diferenças: o cinema é fruto de um trabalho coletivo, a literatura é sempre individual; mesmo a fruição do cinema é coletiva, enquanto na literatura é individual; a linguagem do cinema é intuitiva, não precisa ser alfabetizado para ver um filme; o cinema conta com outros recursos não utilizados na literatura, como os movimentos de câmera, os enquadramentos, a música, a cor e a luz.

"As relações entre o cinema e a literatura são antigas e nem sempre amistosas". Antes de surgir o direito autoral, em 1910, muitos cineastas roubavam histórias dos escritores. Desde essa época, milhares de livros têm sido adaptados para o cinema. Segundo Ely Azeredo, a Bíblia é o campeão deles; o segundo lugar é de Arthur Conan Doyle, com mais de 200 versões de Sherlock Holmes; o terceiro lugar é Bram Stoker, com o Drácula. Quanto à qualidade das adaptações, vale lembrar que a frase de Alfred Hitchcock – "livros ruins é que dão bons filmes" – não é inteiramente verdade. Ele disse isso devido à adaptação que ele fez de um conto policial, escrito pelo desconhecido Cornell Woolrich e publicado numa revista barata sob o título de *Tinha que ser assassinato*. Em 1954 Hitchcock transformou o conto no filme *Janela indiscreta*, que veio a ser um dos clássicos na história do cinema. Existem alguns bons escritores, cujos livros resultaram em ótimos filmes, como Dashiell Hammet, James Cain, James Ellroy, sem contar Shakespeare em pelo menos três grandes filmes: *Ran* (baseado em *Rei Lear*) e *Trono manchado de sangue* (baseado em *Macbeth*), de Akira Kurosawa, além do *Hamlet*, de Laurence Olivier. "Mas, o certo é que a boa literatura não necessariamente dá bons filmes". Basta ver William Faulkner, que nunca deu num bom filme e "foi um roteirista medíocre". Escritores clássicos, como "Kafka, Dostoiévski, Cervantes, Proust, Machado de Assis ou Eça de Queirós ainda não entraram para a história do cinema". O fato é que "a literatura é uma forma de expressão muitíssimo mais complexa que o cinema, não só pelo seu acesso fácil ao inconsciente alheio". A sua antiguidade lhe confere tal complexidade, tendo muito o que ensinar ao cinema. Algumas lições aprendidas: Homero ensinou o flash-back "e a idéia que cronologia é vício"; Petrônio ensinou "o poder dramático da prosódia e a subjetividade do discurso"; com Dante verificamos "a vertigem dos acontecimentos, a rapidez para mudar de assunto"; Boccaccio nos deu a "idéia da fábula como entretenimento; Rabelais, "os delírios visuais e certeza de que arte é tudo que a natureza não é"; Montaigne, "o esforço para registrar a condição humana"; Shakespeare, Cervantes e Giotto, a "corporalidade do personagem e o poder da tragédia".

2007

14. SANTOS, João Manuel dos. Avant-garde, literatura e cinema. *O Olho da História*, ano 10, nº. 6, 2004. Disponível em: <www.oolhodahistória.ufba.com.br>. Acesso em: 24 de janeiro de 2007.

"O ensaio revisa as relações entre o cinema e a literatura sob o enfoque da produção teórica da *avant-garde* na França dos anos 1920. Por outro lado, relaciona os avanços das trocas estéticas européias com a vanguarda brasileira, a partir da postura visionária do Modernismo de Mário de Andrade". Este resumo do autor não diz muito sobre o conteúdo do ensaio. Mas trata da história do cinema no momento de sua institucionalização como arte. "Os anos 20 foram o período da sedimentação da crítica cinematográfica na França, quando foram formulados os conceitos a se desenvolverem em outros países, inclusive no Brasil". Um artigo publicado na revista *L'esprit nouveau*, de 1920, intitulado "A estética do cinema", fixava algumas leis desta nova estética e fazia menção ao trabalho de Ricciotto Canudo. A ele se deve o batismo do cinema como a "sétima arte" em seu Manifesto das sete artes: "Nós casamos a Ciência e a Arte, eu quero dizer as descobertas e não os dados da Ciência, e o ideal da Arte; aplicando-as uma à outra para captar e fixar os ritmos da luz. É o cinema. A sétima arte concilia, assim, todas as outras". Amigo de Marinetti, líder do Futurismo, foi influenciado pela estética modernista e logrou identificar a "importância do cinema como linguagem universal e sua relação com outras artes". A partir desse momento pode-se falar numa linguagem cinematográfica que vem "renovar a escritura". Canudo reconhece a supremacia dos EUA neste período, "inserindo-a, no entanto no que ele chama de primitivismo". Os Estados Unidos, país sem tradição cultural, "nasceu esteticamente com a arte da tela". Do mesmo modo pensa Leon Moussinac, que admite a supremacia dos filmes americanos porque "eles foram admiravelmente servidos por sua ausência de cultura". Moussinac, poeta, crítico e romancista, foi um dos autores mais comprometidos com a idéia da supremacia do cinema sobre as outras artes. Só a técnica cinematográfica poderia passar a idéia de simultaneidade, "a técnica está na base de toda concepção – nenhuma arte jamais se beneficiou de matéria mais rica". Em sua obra *Naisance du cinema* (1925), contestou "o desvio diegético do cinema (o filme servindo à literatura e ao teatro) e investiu no cinema como forma independente e individual de expressão artística". Junto a estes autores juntou-se Louis Delluc e Abel Gance na defesa de um "cinema puro decorrente de seu específico estético – montagem/decupagem –, liberto do mimetismo monstruoso do ator teatral". Condenavam veementemente o teatro filmado e as literatices cinematográficas. Em seguida a discussão ganha força com a atuação da crítica e cineasta Germaine Dulac, que radicalizou mais ainda pregando a expulsão do aspecto narrativo do cinema. Juntamente com Jean Epstein, ela cria a "trincheira mais visceral do *cinéma avant-garde*, o cinema do futuro, puro, cinegrafia integral". Suas idéias conseguem reunir adeptos "vanguardistas como René Clair, Fernand Léger, Luis Buñuel e não-franceses como Ruttman, Richter, Man Ray e o brasileiro Alberto Cavalcanti". Nesta linha encontram-se intelectuais e artistas de outras áreas como Blaise Cendrars, Jean Cocteau, Marcel Duchamp e Salvador Dali, "que levam adiante a consolidação da nova arte". Até aqui não se discute especificamente as possíveis relações de influência entre o cinema e a literatura, não se aponta o que uma pode aproveitar da outra. Quem vai tratar desse assunto é Jean Epstein, em 1921, com seu texto *Le cinéma et les lettres modernes*. Sua posição é que entre a literatura moderna e o cinema existe um natural sistema de trocas que demonstram mais que um parentesco e postula que, "para mutuamente se sustentarem, a jovem literatura e o cinema devem sobrepor suas estéticas". Suas atividades tanto na literatura como no cinema levam-no a estabelecer comparações entre as duas estéticas, tais como "sucessão rápida de detalhes, sugestão, gesto incompleto, ausência de sentimentalismo e rapidez de raciocínio", para chegar ao close – a alma do cinema. "O close rápido, o gesto em movimento, quando interrompido – gesto incompleto – também faz a fotogenia, é parte de sua essência: o rosto que se prepara para rir é de uma beleza mais bela que o riso". Por essa época, alguns escritores, como Philippe Soupault, Blaise Cendrars e Aragon levaram "para sua obra literária elementos da técnica narrativa do cinema". O ritmo da poesia, com a supressão de elementos estáticos da escritura, é cinematográfico; suprime-se, também, a pontuação. A obra de Cendrars repercute em toda a Europa e chegou a influenciar outros autores, como Jules Romain. Ele esteve com Oswald de Andrade em Paris e com Mário de Andrade em 1924, em São Paulo, e chegou a influenciar nossos modernistas, como Sérgio Milliet em *Mil-réis a dúzia* e Oswald de Andrade nos poemas do *Pau Brasil*. No entanto, nossos modernistas não chegaram a se envolver tanto com o cinema como na França, onde havia cineastas fazendo literatura e escritores fazendo cinema, bem como uma intensa atividade intelectual sobre as relações entre as duas artes. Isto teve "conseqüências inegáveis na produção do pensamento sobre as artes em geral, inclusive a pintura, a arquitetura, o teatro, a música, a dança e, de forma mais intensa, a literatura e o cinema". No Brasil chegam apenas os reflexos desse movimento por intermédio de Mário de Andrade, que considera o cinema a criação artística mais representativa de sua época. Hoje, o possível caráter cinematográfico da produção lírica e da narrativa de ficção em Mário de Andrade "tem sido visto, por setores importantes da crítica brasileira, como decorrentes de uma reelaboração das correntes estéticas que, nos anos 20, enformaram as teorias da vanguarda européia".

15. FONSECA, Rubem. *Cinema e literatura*. Disponível em: <http://paginas.terra.com.br/arte/dubitoergosum/ar58.htm>. Acesso em: 17 de maio de 2007.

Ensaio histórico do escritor – que queria ser cineasta – sobre o cinema como arte, a arte completa ou *Gesamtkunstwerk* no dizer de

Wagner. Nesta condição é, também, roteirista, tendo escrito roteiros baseados em seus romances ou contos (*A grande arte, O caso Morel, Bufo & Spallanzani, Relatório de um homem casado* e *Diário de um fescenino*); roteiros originais (*Stelinha* e *A extorsão*); e roteiros baseados em romances de outros (*O homem do ano*, baseado no livro *O matador*, de Patrícia Melo). Sua percepção é que fazer roteiro baseado em obra já publicada é mais difícil, mesmo no caso de obras que ele mesmo escreveu. Um roteiro é escrito e reescrito várias vezes. Além disso, outras pessoas participam de sua revisão: o diretor do filme e o produtor. O que se pretende neste processo é realizar uma obra de arte. Wagner, com suas óperas, pretendia atingir a arte completa, englobando a música, a poesia e o drama, a pintura, a arquitetura, a dança. "Estávamos no séc. XIX e se alguma arte poderia megalomaniacamente dizer isso era a ópera". Inicia a história do cinema com a "lanterna mágica", surgida no século XVII. Era um foco de luz que iluminava placas de vidro pintadas à mão, cujas imagens eram projetadas na parede. Mais tarde – em 1895 – surge o cinematógrafo, inventado pelos irmãos Lumiére. Uma máquina "movida a manivela, utilizando negativos perfurados para registrar o movimento". Em 28 de dezembro de 1895 já podíamos ver no Grand Café, de Paris, a projeção de *A saída dos operários das usinas Lumiére, A chegada do trem na estação, O almoço do bebê* e *O mar*, "que deixaram os espectadores atônitos". São documentários curtos, de dois minutos, sobre a vida cotidiana. O fato marcou oficialmente o início da história do cinema. Faltava incluir o som, que só apareceu no fim da década de 1920. Os primeiros cineastas foram comediantes, tal como Max Linder, que influenciou Chaplin. Em 1903 surge Edwin S. Porter, que inaugurou o western com *O grande roubo do trem*. Em seguida surgem dois grandes nomes: George Mellés e David Griffith. O primeiro foi pioneiro na utilização de figurinos, atores e maquiagem, e fez os primeiros filmes de ficção: *Viagem à Lua* e *A conquista do pólo*, em 1902. O segundo tirou a câmera do tripé e usou "a montagem de uma maneira dinâmica e criativa". Assim, realizou *O nascimento de uma nação* (1915) e "abriu caminho para a indústria cinematográfica norte-americana". No ano seguinte, realizou *Intolerância* e logo depois o cinema passou a ser chamado de a "sétima arte". Sem dúvida um exagero, pois "não tinha a poesia dos textos falados, nem a música, essas formas de arte da maior importância". As experiências de sonorização iniciadas por Thomas Edison (1889) seguidas por Auguste Baron (1896) ainda não permitiam a sincronização imagem-som. Mas, em 1907, Lee de Forest inventou um aparelho de gravação magnética em película que permitia tal reprodução simultânea. O aparelho foi adquirido em 1926 pela Warner Brothers, "que produziu o primeiro filme com música e efeitos sonoros sincronizados: *Don Juan*, de Alan Crosland, e o primeiro com passagens faladas e cantadas: *O cantor de jazz* (1927), também de Crosland". Em 1929 o cinema falado já representava 51% da produção norte-americana, e se espalhou por todo o mundo. "A linguagem cinematográfica teve que ser reformulada", o que desagradou alguns diretores como Charles Chaplin e René Clair, "dizendo que o cinema não precisava da fala dos artistas". Mais tarde aderiram, "não obstante o cinema falado de Chaplin ser inferior muito inferior ao que ele fazia antes". Mais tarde a indústria cinematográfica encontra-se concentrada em Hollywood, onde permanece até hoje, não obstante estar espalhada por todos os continentes. Hoje podemos chamar a sétima arte de "*Gesamtkunstwerk*"? Não. "O cinema é, por enquanto, uma arte híbrida". O filme depois de algum tempo fica "datado". Não se assiste a um filme antigo com o mesmo prazer da primeira vez, como acontece com outras artes. "Pode-se ouvir Mozart, ou reler Dom Quixote, ou contemplar a Capela Sistina com o mesmo prazer da primeira visita". Essa datação sofrida pelo cinema parece ser o problema que exige que esta sétima arte seja sempre renovada. Enfocando a adaptação cinematográfica de obras literárias, o autor ressalta as diferenças entre escrever para o cinema e qualquer outra forma de expressão escrita. Não é só o elemento visual que o diferencia, o investimento é muito grande, o roteiro tem que agradar o produtor, o diretor também interfere e o mais importante: tal investimento tem que agradar o público. O escritor não tem essa preocupação. Lev Vladimirovich Kulechov, que introduziu a arte da montagem e escreveu *A arte do cinema*, afirma que cinema é basicamente argumento e montagem. O roteirista e o montador são importantes. Porém, não mais que o diretor. O cinema é a sétima arte, é "a maior diversão", como diz a propaganda, mas ainda não é total. "É uma arte que usa as outras como suportes, da melhor maneira possível". Provocando, o autor questiona "o que é mais importante como Arte, a palavra escrita – poesia, ficção, teatro – ou o cinema? Qual delas pode atingir um nível de excelência mais elevado? Como exercício, compara as vantagens da literatura e do cinema. As vantagens da literatura são polissemia e participação criativa. O leitor participa da história preenchendo as lacunas deixadas pelo escritor. Sua imaginação complementa a história imaginada por outro. O cinema não permite isso. "O espectador não precisa (nem pode) usar a sua imaginação". A literatura é mais permanente e tão importante para o cinema que os diretores aconselham os iniciantes a lerem, "por considerarem a leitura importante para o trabalho que fazem. Nenhum escritor aconselha outros escritores a irem ao cinema, por ser importante para o trabalho que fazem". Vantagens do cinema: Todo mundo gosta de cinema, "exceto alguns ensaístas franceses rabugentos". Pois mesmo não sendo a arte completa, "é a que mais se aproxima desse ideal, e talvez, um dia, venha a deixar de ser uma arte apenas híbrida para tornar-se uma arte completa". Para concluir, o autor relaciona alguns filmes melhores e filmes piores do que a obra literária de onde foram baseados. Filmes melhores do que o livro: *E o vento levou*, dirigido por Victor Fleming, é melhor do que o romance de Margareth Mitchel; *O poderoso chefão*, de Francis Ford Coppola, é melhor do que o livro de Mario Puzzo, e *Blade Runner*, de Ridley Scott, é melhor do que o livro de Philip K. Dick *Do androids dream of electric sheep?*. Quanto à lista dos filmes piores do que o livro, o autor não relaciona por serem muitos. Mas afirma que são quase todos os filmes baseados clássicos da literatura.

V. Menção final
Olvidos misteriosos

Bem poderíamos pensar que todo ato de criação é um mistério da natureza, de Deus, do que se quiser denominar. Mas não: a ciência e a tecnologia querem nos fazer acreditar (e têm conseguido em boa parte) que toda descoberta ou invento é obra de uma equipe trabalhando em conjunto num laboratório na busca de algo preestabelecido por alguma necessidade real, artificial ou virtual, como pode acontecer hoje em dia. Dessa maneira, se acreditássemos nisso, a criação científica perderia sua graça e o encanto de seu fazer, do que precisa ser feito para a melhoria da qualidade de vida.

Ainda bem que nem todos os cientistas pensam assim. Contudo, esse é o modo generalizado do pensamento que se alastra pelo conhecimento coletivo. Isso se deve, talvez, ao nosso costume de polarizar o objeto de pensamento, contrapondo-o como ponto de referência a outro de igual relevância: o mundo da criação artística, cuja concepção é diferente, quase oposta ao conceito que vimos da criação científica.

A criação artística é sempre vista como a expressão de um talento individual, *i.e*, um mistério, dado que não se explica por que uma pessoa tem mais talento do que outra, e até pessoas desprovidas de talento, como o concebemos. São diversos os talentos, tanto nas ciências como nas artes. Dentre estas, vamos tratar da primeira das artes criativas e criadoras da humanidade: a arte literária, tomada no sentido amplo. No sentido da origem da fala e da escrita nos primórdios de tudo que conhecemos como humanidade e que se distinguiu na natureza pelo conhecimento e sua transmissão às gerações.

Outra particularidade do exercício literário é o caráter essencialmente individual, que faz da atividade do escritor a mais solitária, e também mais solidária da vida, já que ninguém escreve para si. Neste ponto – na solidariedade – o escritor se encontra com o cientista, pois ambos buscam algo não para si, e sim para que outros desfrutem de seu trabalho. Tanto para um como para outro é preciso uma certa dose de desprendimento e desligamento do mundo para aperfeiçoar seu objeto de trabalho.

Além de primeira, ou talvez por isso mesmo, a literatura é a arte mais conhecida e praticada no mundo. Quem já não se dispôs a fazer sua "quadrinha" de versos? Quantos poetas, até analfabetos, já conhecemos pelo mundo afora a fazer suas rimas e composições literárias de um modo encantador? Esta é uma das principais características da literatura, de seu feitio, que fazem dela uma arte popular. Para constatar, temos a literatura de cordel, resquício dos trovadores e cancioneiros medievais, tão bem cantada na história da literatura universal.

Se é assim, a literatura como a arte mais popular, como a primeira e mais importante das artes, a mentora de outras artes e ofícios, como do teatro, cinema e jornalismo, qual o sentido do título *Olvidos misteriosos* atribuído a esta menção final? Trata-se de um paradoxo, no qual a literatura, com toda sua importância, está perdendo espaço na mídia para a comunicação visual, virtual, interativa etc. que se apresenta há algum tempo às novas gerações. Pode-se dizer que está sendo olvidada pelo grande público. Vamos enfrentar esse olvido utilizando todos esses recursos de divulgação dispostos na internet para realizarmos uma obra de utilidade pública, de autoria coletiva, disposta a preencher essa lacuna.

Esta é a proposta dos *Mistérios da criação literária*: dar ouvidos aos tais mistérios, contando com a participação pública. Assim, a menção final se configura, em verdade, numa "mensagem final" de conclamação aos interessados em manter a busca coletiva e divulgação pública dos *Mistérios da criação literária*.

VI. ÍNDICE DE CONSULTA SIMULTÂNEA

Um invento editorial

Todos os inventos na área editorial são surpreendentes, devido mesmo à sua raridade. Pois, desde que Gutenberg inventou o livro em folhas de papel grudadas com uma lombada, é difícil imaginar outra forma mais conveniente para o livro. Tanto é que as revistas, surgidas depois de mais de 200 anos, seguiram o mesmo modelo. Talvez não haja mesmo o que inventar por aí, e a única revolução que vimos na área em todos estes anos foi a **editoração eletrônica**, que facilitou substancialmente a feitura do livro. Outra "revolução" editorial conseqüente desta primeira é a edição *on-line*: o livro virtual, existente apenas na tela do computador.

No entanto, na edição do livro em papel, disponível à consulta sem computador, surge agora um novo local para o índice que possibilita uma simultaneidade de consultas. Trata-se não de uma revolução editorial, como quis parecer, mas de outra localização para o índice, cuja história lhe confere um grau de utilidade, conforme o relato que apresentamos a seguir.

O nome atribuído ao índice designa exatamente sua função: permitir a consulta ao índice e ao corpo da publicação simultaneamente. Poderia, muito bem, ser chamado de "Índice Lehfeld", se adotássemos o nome de seu criador em meados de 1970. O índice de consulta simultânea surgiu a partir da necessidade de uma consulta rápida a uma bibliografia sobre segurança no trânsito. Nessa época, eu trabalhava no Centro de Documentação da Companhia de Engenharia de Tráfego (CET), em São Paulo, e tinha como supervisor Gilberto Monteiro Lehfeld. Estávamos numa reunião discutindo a elaboração da bibliografia e passamos a verificar o detalhamento do índice analítico. Ao final, Lehfeld me perguntou onde ficaria localizado o índice. "No final, é claro!", respondi prontamente. Ele fez cara de quem não gostou e disse o porquê: "É que, no final, o leitor tem de ficar indo e voltando ao índice para ver os assuntos de seu interesse". Argumentei que era isso mesmo, que não havia outro lugar para o índice, a norma era aquela. Ficamos ali pensativos por um instante na busca de um lugar na publicação que evitasse aquele "vai-e-volta" ao índice. De repente, ele deu um soco na mesa: "Achei! O índice vai ficar no verso da 'orelha' da publicação". De fato, ao desdobrar a 'orelha', o leitor vislumbra o índice enquanto folheia o corpo da publicação. Assim surgiu o índice de consulta simultânea, que tem mostrado sua utilidade ao longo desses anos. Mais tarde, após ter mostrado a invenção aos colegas bibliotecários, resolvi publicar a experiência no *Boletim da ABDF* (Associação dos Bibliotecários do Distrito Federal)[1].

Em seguida, recebi algumas cartas de bibliotecários de outros estados, que solicitavam mais informações sobre a localização do índice ou felicitavam pela descoberta do novo local. O "índice de orelha" ficou assim conhecido no âmbito interno de algumas bibliotecas e centros de documentação de empresas. Passados 11 anos, mudei o nome para "índice de consulta simultânea" e resolvi divulgá-lo amplamente através da revista *Ciência da Informação*, do Instituto Brasileiro de Informação Científica e Tecnológica (Ibict)[2].

---

1   Brito, J. D. O índice no verso da orelha da publicação visando maior facilidade do seu manuseio: relato de uma experiência. *Boletim da ABDF*, Brasília, v. 1, nº 1, p. 25-7, janeiro de 1981.

2   Brito, J. D. Índice de consulta simultânea: o acesso rápido e manual. *Ciência da Informação*, Brasília, v. 21, nº 3, p.247-8, set./dez. de 1992.

Com a nova divulgação, recebi congratulações de uma dúzia de colegas bibliotecários, incluindo o estímulo para que registrasse o invento no Instituto Nacional da Propriedade Industrial (Inpi). Posteriormente, o índice foi aplicado em publicações da FGV/Eaesp – Escola de Administração de Empresas de São Paulo, da Fundação Getúlio Vargas (1993), e da ANTP – Associação Nacional de Transportes Públicos (1994). Desse modo, não obstante todo esse tempo, esta é a primeira vez que o índice está sendo aplicado em livro de ampla circulação no mercado, ou seja, demonstrado ao público em geral.